U.G.E. 10|18
12, avenue d'Italie - Paris XIIIe

Du même auteur
dans la collection 10/18

LA COMÉDIENNE, n° 1474
L'ENVOÛTÉ, n° 1707
LE FIL DU RASOIR, n° 1399
LE FUGITIF, n° 2049
LA RONDE DE L'AMOUR, n° 2050

LA PASSE DANGEREUSE

PAR

SOMERSET MAUGHAM

Traduit de l'anglaise
par E. R. Blanchet

10|18

« Domaine étranger »
dirigé par Jean-Claude Zylberstein

Si vous désirez être régulièrement tenu au courant
de nos publications, écrivez-nous :
Editions 10/18
12, avenue d'Italie
75627 Paris Cedex 13

Titre original :
The Painted Veil

ISBN-2-264-00680-3

I

Elle jeta un cri d'effroi.

— Qu'as-tu ? demanda-t-il.

A travers la pénombre de la chambre aux volets clos, le bouleversement de ses traits le frappa.

— Quelqu'un vient d'essayer d'ouvrir.

— Eh bien ! c'est sans doute l'amah ou l'un des boys.

— Jamais ils ne viennent à cette heure-ci. Ils savent que je dors toujours après le déjeuner.

— Qui veux-tu que ce soit ?

— Walter ! balbutia-t-elle, les lèvres frémissantes.

Du doigt, elle lui désigna ses souliers. Il essaya de se chausser, mais l'inquiétude le gagnait et son trouble le rendait maladroit. D'ailleurs, les souliers étaient un peu étroits. Avec un soupir d'impatience, elle lui tendit une corne, puis, enfilant un kimono, elle se dirigea nu-pieds vers sa table de toilette. Avant même qu'il eût achevé de lacer son second soulier, elle avait réparé le désordre de sa chevelure. En hâte, elle lui passa son veston.

— Comment faire pour sortir ?

— Attends. Je vais regarder si c'est possible.

— Ce ne peut être Walter. Jamais il ne quitte le laboratoire avant cinq heures.

— Alors, qui est-ce ?

Ils chuchotaient. Elle tremblait. A l'idée qu'elle perdait la tête à la première alerte, il se sentit soudain irrité. Si c'était imprudent, pourquoi diable avait-elle prétendu le contraire ?

Le souffle coupé, elle lui saisit le bras. Il suivit la direction de son regard. Les fenêtres qui donnaient sur la véranda étaient fermées et les volets clos. La poignée en porcelaine blanche tourna lentement. Ils n'avaient pas entendu marcher. C'était terrifiant de voir ce mouvement silencieux. Une minute passa sans aucun bruit. Alors, comme par une intervention surnaturelle, la poignée blanche de l'autre fenêtre se mit à tourner de la même façon, furtive, muette, épouvantable. L'impression était hallucinante. A bout de nerfs, Kitty ouvrit la bouche pour hurler, mais il s'en aperçut et, d'une main preste, il arrêta le cri sur ses lèvres.

Silence. Chancelante, elle s'appuyait contre lui. Il craignait de la voir s'évanouir et, les sourcils froncés, les dents serrées, il la déposa sur le lit. Elle était blanche comme une morte et, malgré son hâle, lui aussi avait blêmi. Debout à côté de la jeune femme, il fixait, fasciné, la poignée de porcelaine. Tous deux se taisaient. Enfin, il vit qu'elle pleurait.

— Pas cela, au nom du ciel ! murmura-t-il, exaspéré. Si nous sommes pincés, nous le sommes. Nous n'aurons qu'à payer d'audace.

Elle chercha son mouchoir, et, prévenant son désir, il lui tendit son sac.

— Où est ton chapeau ? dit-elle.

— Je l'ai laissé en bas.

— Oh ! mon Dieu !

— Voyons. Maîtrise-toi. Il y a cent chances contre une pour que ce ne soit pas Walter. Pourquoi veux-tu qu'il soit revenu à cette heure-ci ? Jamais il ne rentre au milieu de la journée, n'est-ce pas ?

— Jamais.

— Je te parie ce que tu voudras que c'était l'amah[1].

Elle s'efforça à un pauvre sourire. Cette voix caressante et chaude la rassurait. Tendrement, elle serra la main de son amant. Il la laissa se ressaisir.

— Allons ! Nous ne pouvons pas rester éternellement ici, fit-il enfin. Te sens-tu capable d'aller jeter un coup d'œil sur la véranda ?

— Jamais je ne pourrai.

1. Femme de chambre chinoise.

— As-tu du cognac ?

Elle secoua la tête. Le front rembruni, il s'impatienta à nouveau. Il ne savait plus que faire. Tout à coup, elle resserra son étreinte.

— Suppose qu'il soit là, aux aguets.

Il se contraignit à sourire, et sa voix conserva le ton prenant et câlin dont il connaissait si bien le pouvoir.

— Ce n'est guère probable. Un peu de courage, Kitty. Ça ne peut pas être ton mari. S'il avait remarqué, en entrant dans le hall, un chapeau inconnu et trouvé ta chambre fermée à clef, tu vois d'ici le raffût ! C'était certainement un des domestiques. Seul, un Chinois peut tourner une poignée de cette façon.

Kitty peu à peu revenait à elle.

— Même si ce n'est que l'amah, ce n'est pas très drôle.

— On peut acheter son silence et, si c'est nécessaire, je lui inspirerai la sainte terreur de Dieu. Les fonctionnaires ne sont guère favorisés, mais autant profiter des rares avantages de leur situation.

Pourquoi pas, après tout ? Elle se releva et lui tendit les bras : leurs lèvres se cherchèrent. Tant de volupté touchait à la douleur. Elle l'adorait. A pas furtifs, elle gagna la fenêtre, fit glisser le verrou et, entr'ouvrant le volet, risqua un œil. Personne. Puis, de la véranda, elle regarda dans la chambre de son mari, et dans son boudoir. Tout était désert. Elle revint et, du doigt, fit signe :

— Personne.

— Nous avons eu une vision.

— Ne ris pas. C'était affolant. Va m'attendre au salon. Je mets mes bas et des souliers.

Il obéit. Cinq minutes après, elle le rejoignit. Il fumait une cigarette.

— Dis-moi, puis-je avoir un *brandy-soda* ?

— Oui, je vais sonner.

— En l'occurrence, cela ne te ferait pas de mal non plus.

Ils attendirent en silence. Puis, sitôt l'ordre donné et le boy disparu :

— Téléphone au laboratoire pour savoir si Walter y est, dit-elle. On ne reconnaîtra pas ta voix.

Il demanda le numéro et s'informa si le docteur Lane était là.

— Walter est sorti depuis le thé, fit-il, en raccrochant. Demande au boy s'il est venu ici.

— Je n'ose pas. S'il est venu, ça paraîtra bizarre que je ne l'aie pas vu.

Le boy apporta le plateau, et Townsend prépara les boissons. Quand il voulut la servir, Kitty secoua la tête.

— Que faudra-t-il faire si c'était Walter ? questionna-t-elle.

— Peut-être ne prendrait-il pas la chose au tragique ?

— Walter ?

Son ton était incrédule.

— Il m'a toujours paru assez irrésolu. Certains hommes, tu sais, ont horreur des scènes. Il a assez de bon sens pour comprendre qu'un scandale ne le mènerait à rien. Je suis convaincu que ce n'était pas lui, mais, même si je me trompe, tu verras qu'il ne bronchera pas. Il fera le mort.

Elle réfléchit un instant.

— Il m'aime à la folie.

— Alors, c'est parfait. Tu en viendras à bout, conclut-il avec le séduisant sourire auquel elle ne résistait jamais, ce sourire sensuel qui de ses yeux bleus descendait lentement à sa bouche bien dessinée, aux dents régulières et blanches.

— Tant pis ! s'écria-t-elle dans une explosion de gaieté, cela valait la peine.

— C'est ma faute !

— Pourquoi es-tu venu ? Je suis tombée des nues en te voyant.

— Je n'ai pas pu m'en empêcher.

— Mon chéri !

Elle se pencha vers lui, la flamme de ses yeux noirs brûlant les siens, la bouche entr'ouverte de désir. Il l'étreignit. Dans un sourire d'extase, elle s'abandonna.

— Tu peux toujours compter sur moi, tu le sais, dit-il.

— Je suis si heureuse avec toi. Je voudrais te donner autant de bonheur que tu m'en donnes.

— Tu n'as plus peur ?

— Je hais Walter.

Ne sachant trop que répondre, il l'embrassa. Le doux visage de Kitty se pressait contre le sien. Il lui prit le poignet et regarda l'heure à sa petite montre d'or.

— Sais-tu ce que je dois faire maintenant ?

— Te sauver? sourit-elle.

Il fit oui de la tête. Kitty s'attacha plus étroitement à lui, mais elle sentit son désir de s'en aller et elle s'écarta.

— C'est une honte de négliger ainsi ton travail. Va-t'en !

Jamais il ne pouvait résister à la tentation de flirter.

— Tu parais joliment pressée de te débarrasser de moi, dit-il légèrement.

— Tu sais que je souffre de te quitter.

Le ton de la réponse était grave, profond, sérieux. Townsend eut un rire satisfait.

— Ne tourmente pas ta jolie petite tête à propos de notre mystérieux visiteur. C'était l'amah, j'en suis certain. Et, s'il y avait des complications, je te garantis que je t'en sortirais.

— Tu dois en avoir l'habitude ?

Fat, il sourit.

— Non, mais je me flatte d'avoir les reins solides.

II

Elle gagna la véranda et le suivit des yeux. Il lui fit un signe de la main. Elle eut un petit frisson en le regardant. Malgré ses quarante et un ans, Townsend gardait la tournure souple et l'allure dégagée d'un jeune homme.

L'ombre envahissait la véranda. Le cœur comblé d'amour, Kitty nonchalante s'attarda. Sa maison, située au flanc de la colline, dominait la Vallée Heureuse. La modicité des ressources des Lane leur interdisait l'agréable altitude du Peak. Distraite, Kitty remarquait à peine la mer bleue et les bateaux pressés en foule dans le port. La pensée de son amant l'absorbait.

Certes, ils s'étaient conduits stupidement cet après-midi. Mais, devant le désir de Charlie, comment eût-elle pu demeurer prudente ? Deux ou trois fois déjà, aux heures de grande chaleur, quand personne ne songe à changer de place, il était venu après le déjeuner, et les boys mêmes ne l'avaient vu ni entrer ni sortir. A Hong-Kong, tout se sait. Kitty détestait la ville chinoise : elle pénétrait avec dégoût dans la petite maison délabrée de l'avenue Victoria, lieu habituel de leurs rendez-vous. C'était une boutique d'antiquités, et le Chinois qui y trônait la regardait de façon agaçante. L'insinuant sourire de ce vieillard qui, à travers l'arrière-boutique, la guidait par l'escalier obscur jusqu'à une chambre sordide lui répugnait. Le grand lit de bois collé au mur lui soulevait le cœur.

— C'est horrible, ici, ne trouves-tu pas ? avait-elle dit à Charlie, la première fois qu'ils s'y rencontrèrent.

— Oui, jusqu'à ton arrivée, répondit-il.

Mais dans ses bras elle oubliait tout.

Oh ! pourquoi n'était-elle pas libre ! Pourquoi n'étaient-ils pas libres, tous les deux ! Les pensées vagabondes de Kitty s'arrêtèrent un instant sur la femme de Charlie. Elle ne lui inspirait aucune sympathie. D'abord, quelle malchance de s'appeler Dorothée ! Voilà qui vous fait dater. Elle accusait au moins trente-huit ans. Jamais Charlie ne parlait d'elle. Elle l'ennuyait à mourir, mais il se comportait en gentleman. « Pauvre chéri ! se disait Kitty avec une affectueuse ironie, il peut tromper Dorothée, mais jamais il ne se permettrait à son égard une critique. » Cette grande femme, plus grande que Kitty, à la tournure ingrate, casquée d'une abondante chevelure d'un châtain banal, ne semblait pas avoir possédé d'autre séduction que celle de la jeunesse. La froide expression de ses yeux bleus, ses traits réguliers mais sans beauté, sa peau, son teint blême ne donnaient à personne la tentation de la regarder deux fois. Et ses toilettes étaient dignes de son rang. Elle s'habillait comme devait s'habiller la femme du secrétaire colonial adjoint d'Hong-Kong. Kitty souriait et haussait légèrement les épaules. L'air lointain de Dorothée lui déplaisait. Sous sa politesse perçait de façon exaspérante le peu d'intérêt qu'elle vous accordait. A l'idée que Mme Townsend la trouvait peut-être un peu commune, Kitty rougit. Après tout, pourquoi Dorothée prenait-elle ces grands airs ? Son père, il est vrai, avait été gouverneur colonial, brillante situation tant que dure l'activité. A votre entrée, tout le monde se lève, et les hommes saluent votre voiture au passage. Mais quoi de plus insignifiant qu'un gouverneur colonial en retraite ? Le père de Dorothée Townsend vivait de sa pension dans une petite maison à Earl's Court, à Londres. Si Kitty proposait à sa mère d'aller le voir, ce serait pour elle une corvée, car le père de Kitty, Bernard Garstin, était conseiller du Roi, et il n'y avait pas de raison pour qu'un beau jour il ne fût pas promu à la dignité de juge. En tout cas, M. et Mme Garstin habitaient South Kensington.

En arrivant à Hong-Kong après son mariage, Kitty avait eu quelque peine à admettre que son rang dans la société dépendît des fonctions de son mari. Certes, tout le monde se montra très aimable et, pendant deux ou trois mois, les Lane furent invités presque chaque soir. Au dîner du palais, Kitty, nouvelle mariée, avait été conduite à table par le gouverneur, mais elle ne tarda pas à comprendre que la femme d'un bactériologue, même officiel, ne joue qu'un rôle fort effacé. Elle en fut irritée.

— C'est absurde, dit-elle à Walter. Voyons ! il n'y a presque personne ici que ma famille accepterait de recevoir. Jamais maman ne songerait à inviter aucun de ces gens-là à dîner.

— Ne vous tracassez pas, avait-il répondu. Cela n'a pas d'importance.

— Certes. C'est la preuve de leur stupidité, mais, quand on pense à toutes nos relations, il paraît bizarre, vraiment, que nous soyons traités ici comme de la crotte.

— Au point de vue mondain, l'homme de science n'existe pas, dit-il, avec un sourire.

Si elle l'ignorait lors de leur mariage, à présent elle était fixée.

— Je ne trouve pas très réjouissant d'avoir pour voisin de table un agent des Messageries maritimes, — et son rire tenta d'atténuer le snobisme de ses paroles.

Peut-être, sous son enjouement, devina-t-il un reproche, car il lui prit la main et la serra timidement.

— Je suis navré, ma chérie, mais il ne faut pas vous tourmenter pour si peu.

— Oh ! il n'y a pas de danger.

III

Cependant, la pensée de Kitty rôdait obstinément autour de l'incident singulier de cet après-midi.

Ce ne pouvait être Walter. Un des boys sans doute, et alors, qu'importait ? Les domestiques chinois savent toujours tout, mais ils tiennent leur langue.

Pourtant, au souvenir de la façon lente dont la poignée de porcelaine blanche avait tourné, le cœur de Kitty battait plus vite. Il ne fallait plus courir de pareils risques. Mieux valait encore la boutique de curiosités. En la voyant entrer là, personne ne pouvait concevoir le moindre soupçon, et les amants s'y trouvaient en complète sécurité. Le patron connaissait Charlie, il n'aurait pas la sottise de se mettre à dos le secrétaire colonial adjoint. Et puis, rien ne comptait, hors l'amour de Charlie.

Elle rentra au salon. Allongée sur le divan, elle étendit la main pour prendre une cigarette. Un billet posé sur un livre frappa son regard. Elle l'ouvrit. Il était écrit au crayon.

Chère Kitty,

Voici l'ouvrage que vous désiriez. J'allais vous l'envoyer quand j'ai rencontré le docteur Lane; il m'a proposé de le déposer lui-même en passant à la maison.

V. H.

Elle sonna, et demanda au boy qui avait apporté le livre, et à quelle heure.

— Madame, c'est Monsieur, après le déjeuner.

Alors, c'était bien Walter. Elle téléphona aussitôt au secrétariat colonial et demanda Charlie pour lui raconter ce qu'elle venait d'apprendre. Il ne répondit pas tout de suite.

— Que dois-je faire ? interrogea-t-elle.

— Je suis en pleine conférence. Il m'est impossible de vous parler en ce moment. Surtout, ne bronchez pas.

Énervée, Kitty raccrocha.

Elle s'assit à son bureau et, le visage entre les mains, elle s'efforça d'examiner la situation. Walter avait pu croire que sa femme se reposait.

N'avait-elle pas le droit de fermer sa porte ? Elle tâcha de se rappeler si Charlie et elle avaient parlé. Certainement pas à haute voix. Et le chapeau ? Quelle folie de l'avoir laissé en bas ! Mais rien ne prouvait que Walter l'eût remarqué. Il avait dû déposer en hâte le livre et la lettre en allant à quelque rendez-vous d'affaires. Mais pourquoi, alors, avait-il essayé d'ouvrir la porte, puis les deux fenêtres ? S'il supposait Kitty endormie, cela ne lui ressemblait guère de la déranger. Quelle sotte elle avait été !

L'inquiétude la gagnait, et de nouveau elle ressentit cette angoisse délicieuse qu'elle éprouvait toujours à la pensée de son amant. Le jeu valait la chandelle. Si les choses se gâtaient, eh bien... que Walter, si bon lui semble, fasse du scandale ! Elle avait Charlie, c'était l'essentiel. Et ne serait-il pas préférable que Walter fût au courant ? Jamais elle n'avait tenu à lui et, depuis qu'elle aimait Townsend, les caresses de son mari l'irritaient et l'importunaient. Elle souhaitait la rupture de leur intimité. En somme, quelle preuve possédait-il contre elle ? S'il l'accusait, elle nierait, et, si elle se trouvait acculée, elle lui lancerait la vérité à la tête : libre à lui, ensuite, d'agir à sa guise.

IV

Fille d'un magistrat sans fortune, n'ayant qu'une sœur — Doris — plus jeune et beaucoup moins jolie qu'elle, Kitty Garstin, malgré d'éclatants succès mondains, avait atteint vingt-cinq ans sans trouver un parti. Exaspérée, sa mère ne lui ménageait pas sa mauvaise humeur. Combien de temps comptait-elle donc se faire entretenir par son père ? Il avait dépensé de grosses sommes pour lui faciliter son mariage : elle n'avait pas su en profiter. Jamais il ne serait venu à l'esprit de Mme Garstin que son affabilité encombrante eût pu effaroucher les jeunes gens, beaux partis ou héritiers d'un titre, dont elle avait encouragé les visites avec trop de cordialité. Elle attribuait le fiasco à la stupidité de sa fille.

Alors, Doris fit son entrée dans le monde. Son

nez obstruait le milieu de son visage insignifiant et sa taille était mal tournée. Elle ne savait pas danser.

Pourtant, dès la première saison, elle se fiança à Geoffroy Dennison. Fils unique d'un chirurgien réputé qui avait reçu pendant la guerre un titre de baron, Geoffroy devait hériter d'une très jolie fortune et du titre. Il n'est pas très reluisant de s'anoblir à coups de bistouri, mais un titre, grâce à Dieu, est toujours un titre.

Affolée, Kitty épousa Walter Lane.

Elle le connaissait depuis peu, et il n'avait guère retenu son attention. Elle ne se souvenait même pas de leur première rencontre. Après les fiançailles, Walter la lui rappela : c'était à un bal où des amis l'avaient entraîné. Si elle accepta de danser avec lui, ce fut par amabilité. Tous les hommages lui paraissaient agréables. Elle ne le reconnut pas à une autre soirée où, quelques jours plus tard, il vint encore l'inviter. Puis elle le retrouva à tous les bals.

— Voilà bien douze fois que nous dansons ensemble, et je ne sais pas qui vous êtes, lui dit-elle enfin, avec son habituel enjouement.

Il fut confondu.

— Mais je vous ai été présenté !

— Oh ! les gens marmottent toujours. Si vous ignoriez mon nom, je n'en serais pas du tout surprise.

Il se dérida. Son visage était grave, un rien sévère, mais son sourire très doux.

— Certes, je le connais.

Il se tut.

— N'êtes-vous pas curieuse ? reprit-il.

— Autant que les autres femmes.

— Vous n'avez jamais pensé à demander comment je m'appelais ?

Kitty fut amusée. S'imaginait-il que cela pût l'intéresser ? Mais, comme elle aimait à plaire, elle lui offrit son lumineux sourire. De l'onde troublante de ses yeux sombres émanait une douceur enchanteresse.

— Eh bien ! dites-le-moi.

— Walter Lane.

Pourquoi venait-il au bal ? Il dansait mal et paraissait connaître peu de monde. La pensée qu'il pût être amoureux d'elle effleura Kitty, mais d'un haussement d'épaules elle l'écarta. A son sens, un ridicule s'attachait à la jeune fille qui se croit le pouvoir d'asservir tous les cœurs. Pourtant, elle accorda à Walter un peu plus d'attention. Certes, il ne se comportait comme aucun de ses autres soupirants qui sans ambages lui déclaraient leur amour et poussaient leur cour jusqu'à ses lèvres. Lane ne lui parlait jamais d'elle et fort peu de lui. Kitty appréciait cette réserve ; elle était très bavarde et il lui plaisait de le voir s'égayer à ses boutades. Évidemment, il était timide. Elle apprit qu'il vivait en Extrême-

Orient et qu'il passait son congé à Londres.

Un dimanche après-midi, il arriva chez les Garstin. Une douzaine d'amis s'y trouvaient réunis. Un peu gêné, il s'assit un moment, puis disparut. Mme Garstin demanda à Kitty qui il était.

— Je n'en ai pas la moindre idée.

— Je l'ai rencontré chez les Baddeley. Il m'a raconté qu'il t'avait vue à plusieurs bals. Je lui ai dit que je recevais le dimanche.

— Il s'appelle Lane et il occupe je ne sais quel poste en Orient.

— Oui, c'est un médecin. Est-il amoureux de toi ?

— Ma parole ! Je n'en sais rien !

— Je te croyais capable de discerner enfin ces choses-là !

— En tout cas, je ne l'épouserai pas, répliqua légèrement Kitty.

Mme Garstin se tut. Son silence était lourd de mécontentement. Kitty rougit : désormais, elle le savait : sa mère se moquait de son choix, pourvu qu'elle fût bientôt débarrassée d'elle.

La semaine suivante, elle rencontra Walter à trois soirées, et il se montra plus communicatif. Bien que médecin, il ne pratiquait pas : il était bactériologue, — pour Kitty, ce mot n'avait aucun sens précis, — et l'automne le ramènerait à son laboratoire d'Hong-Kong. Il parla beaucoup de la Chine. Par principe, Kitty feignait de s'intéresser à tout ce qu'on lui racontait. La vie d'Hong-Kong, d'ailleurs, paraissait assez attrayante : clubs, tennis, courses, polo et golf.

— Danse-t-on beaucoup là-bas ?

— Oh ! oui, je crois bien.

« A-t-il un but en décrivant ce pays ? » se demandait Kitty. Il semblait se plaire en sa compagnie, mais jamais une pression de main, un regard, un mot ne révélaient qu'il vît en elle plus qu'une agréable danseuse. Le dimanche suivant il revint. Chassé du golf par la pluie, M. Garstin venait de rentrer, et il causa beaucoup avec Walter Lane. Kitty demanda à son père de quoi ils avaient parlé.

— Il vit à Hong-Kong. Un de mes vieux camarades du barreau y est président du Tribunal. Ce Lane paraît d'une intelligence au-dessus de la moyenne.

Elle savait qu'en général son père déplorait la nullité des jeunes gens que pour elle et, à présent, pour sa sœur, il se condamnait à recevoir depuis des années.

— Il n'est pas fréquent qu'un de mes danseurs vous plaise, papa, remarqua-t-elle.

Les bons yeux lassés de Garstin se posèrent sur sa fille.

— Vas-tu, par hasard, l'épouser ?

— Non, certes.

— T'aime-t-il ?

— Qu'en sais-je ?

— Et il te plaît ?

— Pas beaucoup. Il m'agace un peu.

Lane n'était pas du tout son type d'homme. Il était petit, mais bien proportionné. Dans son visage glabre, hâlé, aux traits réguliers, brillait la flamme tenace de ses yeux presque noirs, plus bizarres que sympathiques. Le nez était fin et droit, la bouche bien modelée, la ligne des sourcils harmonieuse, mais l'ensemble demeurait sans charme. Quand Kitty lui accorda son attention, elle s'étonna de ce contraste qu'aggravait une expression sarcastique. Plus elle le connaissait et moins elle se sentait à l'aise avec lui. Il manquait de gaîté.

La saison touchait à sa fin. Walter et Kitty s'étaient beaucoup vus, mais il demeurait aussi réservé et impénétrable qu'au premier jour. Une certaine gaucherie avait remplacé sa timidité, ses propos ne sortaient pas des généralités. Kitty finit par conclure qu'il n'était pas du tout amoureux. Elle lui plaisait, il trouvait sa conversation agréable, mais, dès son retour à Hong-Kong, en novembre, il l'oublierait. Peut-être même était-il fiancé là-bas à quelque nurse d'hôpital, fille de clergyman, modeste, consciencieuse, et aux pieds plats. Voilà la femme qui lui conviendrait.

Alors survinrent les fiançailles de Doris et de Geoffroy Dennison. A dix-huit ans, Doris faisait un mariage superbe. Kitty en avait plus de vingt-cinq. Et si elle allait rester vieille fille ? Le seul prétendant de la saison était un garçon de vingt ans, encore étudiant à Oxford. Pouvait-elle agréer ce gamin ? Elle avait tout gâché. L'année passée, un chevalier de l'Ordre du Bain, veuf, avec trois enfants, s'était mis sur les rangs. Elle regrettait presque de l'avoir refusé. L'aigreur maternelle allait s'exaspérer, et Doris, Doris, l'éternelle sacrifiée, ne manquerait pas de l'écraser de sa supériorité.

Le cœur de Kitty se serra.

Un après-midi, elle revenait à pied d'Harrod's quand, avenue de Brompton, elle rencontra Walter Lane. Il l'aborda et, sur un ton indifférent, il lui proposa de faire un tour au parc. Rien ne pressait Kitty de rentrer. La maison n'était guère agréable. Ils se promenèrent en parlant, selon leur habitude, de tout et de rien. Il lui demanda où elle passerait l'été.

— Oh ! nous nous enterrons toujours à la campagne. Après les sessions, papa est exténué, et nous choisissons le trou le plus calme que nous puissions trouver.

Kitty parlait sans conviction. Ce n'étaient pas ses rares affaires qui pouvaient fatiguer M. Garstin. D'ailleurs, le souci de lui faire plaisir n'eût jamais influé sur le choix d'une villégiature. Mais les endroits tranquilles ne sont pas chers.

— Ces chaises n'ont-elles pas l'air de nous inviter ? dit soudain Walter.

Elle suivit son regard et aperçut dans l'herbe deux chaises vertes, isolées sous un arbre.

— Asseyons-nous là, acquiesça-t-elle.

Dès qu'ils furent installés, Walter parut s'absorber dans ses pensées. Le singulier garçon ! Cependant, Kitty continuait à jacasser tout en se demandant à quoi rimait cette promenade. Allait-il lui faire confidence de sa passion pour l'infirmière aux pieds plats d'Hong-Kong ? Tout à coup, preuve évidente de sa distraction, il se tourna vers elle et l'interrompit au milieu d'une phrase : une pâleur de craie avait envahi son visage.

— J'ai quelque chose à vous dire.

Ses yeux trahissaient une anxiété passionnée et sa voix manquait d'assurance. Mais, avant même que Kitty eût pu s'étonner de cette agitation, il reprit :

— Voulez-vous être ma femme ?

— Vous me faites tomber des nues, répondit-elle, désarçonnée par la surprise.

— Ignoriez-vous que je vous aime à la folie ?

— Jamais vous ne me l'aviez laissé entendre.

— Je suis gauche et maladroit. J'ai plus de peine à exprimer ce que je pense que ce que je ne pense pas.

Le cœur de Kitty se mit à battre. Frivoles ou sentimentales, les nombreuses déclarations qu'elle avait entendues lui avaient toujours permis de répondre sur le même ton. Personne encore ne lui avait parlé mariage de cette façon abrupte et poignante. Elle hésita :

— C'est très aimable à vous.

— Je vous ai aimée dès le premier jour. Je voulais toujours vous l'avouer, mais le courage me manquait.

— C'est peu flatteur, railla-t-elle, heureuse d'une occasion de rire, car, malgré cette journée lumineuse, l'air lui semblait soudain lourd de présages.

Il rougit.

— Oh ! Vous me comprenez ! Je n'osais pas risquer mon espoir. Mais votre départ approche, et, cet automne, je dois retourner en Chine.

— Jamais je n'avais pensé à vous comme mari, murmura-t-elle, désemparée.

Il n'ajouta rien. Sombre, il détournait les yeux. Émue, Kitty sentait confusément ce qu'un tel amour lui apportait de nouveau. L'impassibilité de Walter l'impressionnait.

— Laissez-moi le temps de réfléchir.

Toujours silencieux, il ne bougeait pas. Avait-il la prétention de la garder là jusqu'à ce qu'elle se décidât ? C'était absurde. Il fallait qu'elle consultât sa mère. Au lieu de partir sur sa dernière phrase, elle avait attendu une réponse, et, à présent, un vague malaise la paralysait. Sans lever les yeux sur Walter, elle se le représentait ;

jamais elle n'avait songé à épouser un homme dont la taille la dépassât de si peu. De près, on remarquait la beauté de ses traits, mais la froideur de sa physionomie contrastait avec l'ardeur de ses sentiments.

— Je ne vous connais pas, je ne vous connais pas du tout, soupira-t-elle, troublée.

Il la regarda, et elle sentit l'appel de ses yeux. Elle y lut une tendresse nouvelle et une expression suppliante qui l'agaça.

— Je crois que je gagne à être connu, dit-il.

— Vous êtes timide, n'est-ce pas ?

C'était la plus singulière déclaration qu'on lui eût jamais faite. N'échangeaient-ils pas les derniers propos auxquels on se fût attendu ? Kitty n'était pas du tout amoureuse. Pourquoi hésitait-elle à l'évincer sur-le-champ ?

— Je suis stupide, avoua-t-il. Je vous aime plus que tout au monde, mais cela me paraît si difficile à dire !

Chose inexplicable, Kitty cette fois fut touchée. Sous les dehors maladroits de Walter perçait la chaleur de sa passion. Jamais il ne lui avait plu autant qu'en cet instant. Doris devait se marier en novembre. Alors, il serait en route pour la Chine, et Kitty avec lui, si elle l'épousait. La perspective de quêter au mariage de sa sœur ne la tentait guère. Elle s'y soustrairait avec plaisir. Et, une fois Doris casée, Kitty, seule, resterait pour compte ! Tout le monde savait l'âge de Doris : Kitty n'en paraîtrait que plus vieille. C'était la mise au rancart. Lane ne représentait pas un mariage brillant, mais c'était toujours un mariage, et le fait de vivre en Extrême-Orient facilitait les choses. Elle craignait l'acrimonie de Mme Garstin. Toutes ses amies n'étaient-elles pas mariées et la plupart déjà mères ? Elle en avait assez d'aller les voir et de s'extasier devant leurs bébés.

Walter Lane lui offrait une vie nouvelle. Elle se tourna vers lui avec un sourire dont elle avait expérimenté le pouvoir.

— Et si je commettais la folie d'accepter, quand voudriez-vous m'épouser ?

Il poussa un soupir de joie et ses joues pâles s'empourprèrent.

— Tout de suite. Le plus tôt possible. Nous ferions en août et septembre notre voyage de noces en Italie.

Ceci la dispenserait de passer l'été entre son père et sa mère dans un presbytère de village loué cinq guinées par semaine. En un éclair lui apparut la note du *Morning Post* annonçant à la fois la célébration du mariage et le départ du jeune ménage pour l'Extrême-Orient. Elle connaissait sa mère et pouvait compter sur son art de metteuse en scène. Doris alors passerait au second plan et, le jour de son brillant mariage, Kitty serait loin.

Elle tendit la main.

— Vous me plaisez beaucoup. Laissez-moi le temps de m'habituer à vous.

— Alors, c'est oui ?

— Je le crois.

V

Deux ans avaient passé depuis leur mariage, et maintenant encore Walter demeurait presque étranger à sa femme. Au début, elle avait été touchée par sa bonté et flattée autant que surprise d'une telle passion. Esclave de ses moindres désirs, Walter l'entourait d'égards et, quand elle était malade, nul ne lui eût prodigué de soins plus empressés. Il accueillait comme une faveur toute occasion de se dévouer pour elle, et sa courtoisie ne se démentait jamais. A son entrée, il se levait ; il l'aidait à descendre de voiture ; la rencontrait-il dans la rue, il se découvrait ; il prenait soin d'ouvrir la porte devant elle ; il ne serait jamais entré sans frapper dans sa chambre ou dans son boudoir. Il ne se comportait pas comme la plupart des maris vis-à-vis de leurs femmes, mais comme le plus attentif des hôtes. C'était touchant et un rien comique. Moins de déférence l'aurait mise plus à l'aise. Le lit ne les rapprochait pas davantage. Alors, l'ardeur de Walter se faisait farouche et de la sentimentalité il passait au caprice brutal.

Tant d'émotivité la déconcertait. Fallait-il attribuer son habituel empire sur lui-même à la timidité ou à une longue contrainte ? Kitty l'ignorait ; mais quand, reposant entre ses bras, le désir de Walter apaisé, elle l'entendait, lui si dédaigneux des puérilités, si soucieux d'éviter le ridicule, s'exprimer en un langage enfantin, elle n'éprouvait que mépris. Un jour, elle l'avait profondément blessé en lui déclarant, dans un éclat de rire, qu'il débitait des niaiseries. Elle avait senti son étreinte se relâcher et, sans un mot, il s'en était allé. Pour dissiper sa peine, un ou deux jours plus tard, elle lui avait dit :

— Allons ! mon pauvre vieux ! N'avez-vous plus de petites bêtises à me raconter ?

Un peu honteux, il avait ri. Il était — Kitty le comprit bientôt — aussi dépourvu de naturel qu'incapable d'expansion. Dans le monde, il semblait s'isoler de la gaîté générale. Il tâchait de prendre un air amusé, mais son sourire forcé disait assez le peu d'agrément qu'il trouvait auprès de ces convives enjoués. Il boudait aux jeux de société, auxquels, dans son entrain juvénile, Kitty se divertissait. Pendant la traversée, n'avait-il pas été le seul à refuser de se déguiser ! Son indifférence ennuyée gâtait tout le plaisir de sa femme.

Kitty n'était que rire et bavardage. Le mutisme de Walter la glaçait. Il l'exaspérait avec sa façon supérieure d'ignorer ses remarques. Souvent, il est vrai, aucune réponse ne s'imposait, mais une approbation n'en eût pas moins été agréable. Disait-elle : « Il pleut des hallebardes »; au lieu du : « Oui, n'est-ce pas ? » qu'elle attendait, il demeurait impassible. Parfois, l'envie de le secouer la prenait.

— J'ai dit qu'il pleuvait des hallebardes.

— Je vous ai entendue, confirmait-il dans un affectueux sourire.

Il n'avait pas l'intention de la blesser. Il se taisait parce qu'il n'avait rien à dire. Mais, si nul ne parlait, sauf quand il a quelque chose à dire, pensait Kitty, la race humaine ne tarderait pas à perdre l'usage de la parole.

Vraiment, Walter était par trop dénué de charme. Voilà pourquoi il n'attirait pas les sympathies. Kitty ne tarda pas à s'en apercevoir. Fort peu au courant des travaux de son mari, il lui suffisait de comprendre — et elle s'en rendait clairement compte — qu'un bactériologue officiel n'était pas un personnage. Il ne paraissait guère désireux d'initier sa femme à ses recherches. Curieuse de tout connaître, elle lui en avait parlé. D'une plaisanterie, il l'avait découragée.

— C'est ingrat et très technique, avait-il dit, un autre jour. Et ridiculement mal payé.

Il demeurait renfermé. Tout ce qu'elle savait de son passé, de sa naissance, de son éducation et de sa vie avant leur rencontre, elle le lui avait arraché au moyen d'un véritable interrogatoire. Rien n'impatientait plus Walter qu'une question, et, quand elle lui en posait une kyrielle, ses réponses se faisaient chaque fois plus sèches. Elle avait assez de finesse pour reconnaître que cette attitude tenait à la réserve naturelle de son mari, et non point à un désir de dissimulation : il répugnait à Walter de parler de soi-même. Grand amateur de littérature, il s'intéressait à des livres que Kitty jugeait fort ennuyeux. A défaut de quelque traité scientifique, il lisait des ouvrages sur la Chine, des volumes d'histoire. Jamais un moment d'abandon. Il donnait l'impression d'en être incapable. Mais il pratiquait les sports, le tennis surtout, et il jouait bien au bridge.

Pourquoi s'était-il épris d'elle ? Kitty n'imaginait pas femme moins assortie qu'elle-même à cet homme concentré, froid et maître de lui. Et pourtant, sans aucun doute, Walter l'adorait. Il eût tenté tout au monde pour lui plaire, et elle le manœuvrait comme un pantin. Mais certain côté secret de Walter — connu d'elle seule — n'inspirait à Kitty que dédain. Peut-être les sarcasmes de son mari, son indulgence hautaine à l'égard de tant de gens et de choses qu'elle admirait, masquaient-ils seulement sa gaucherie. Elle le croyait intelligent — c'était l'opinion générale — mais, en dehors des rares occasions où la compagnie d'amis sympathiques le mettait en confiance, elle ne le trouvait jamais amusant. Il la laissait indifférente.

VI

Bien qu'elle eût rencontré sa femme à maintes reprises, Kitty passa plusieurs semaines à Hong-Kong avant de connaître Charlie Townsend. Il ne lui fut présenté que le jour où, avec son mari, elle alla dîner chez eux. Ce soir-là, elle se tenait sur la défensive. Townsend avait beau être secrétaire colonial adjoint, elle ne lui permettrait pas de la traiter avec la condescendance qu'elle discernait sous la courtoisie mondaine de Mme Townsend. Ils furent introduits dans une grande pièce meublée de façon intime et confortable, comme tous les salons où Kitty avait été reçue à Hong-Kong. Les invités étaient nombreux. Les Lane arrivèrent derniers et, à leur entrée, des domestiques chinois en livrée passaient des cocktails et des olives. Mme Townsend les accueillit avec son indifférence polie et, après avoir consulté une liste, elle dit à Walter à qui il devrait offrir le bras.

Kitty vit un homme grand et très beau s'incliner devant elle.

— Mon mari.

— J'aurai l'honneur d'être votre voisin, dit-il.

Immédiatement, elle se sentit à l'aise, et son hostilité s'évanouit. Dans le sourire de Townsend, elle avait saisi une lueur de surprise. Le sens en était clair et la portait à la gaîté.

— Je ne pourrai pas dîner, reprit-il, et pourtant, si j'en crois Dorothée, le menu est alléchant.

— Pourquoi ?

— Il fallait me prévenir ! Quelqu'un aurait vraiment pu m'avertir.

— De quoi ?

— Personne ne m'a rien dit. Comment aurais-je pu deviner que j'allais rencontrer une beauté aussi fascinante?

— Que voulez-vous que je réponde ?

— Rien. Laissez-moi parler. Et je ne cesserai de le répéter.

Kitty, impassible, se demandait ce que Dorothée avait pu dire d'elle à son mari. Il avait dû la questionner. Et Townsend, son regard rieur fixé sur Kitty, se rappela soudain :

« — De quoi a-t-elle l'air? avait-il demandé quand Dorothée lui raconta qu'elle avait vu la jeune Mme Lane.

» — D'une très jolie petite femme. Genre actrice.

» — A-t-elle fait du théâtre ?

» — Oh ! non. Je ne le crois pas. Son père est quelque chose comme médecin ou avocat. Il faudra que nous les invitions à dîner.

» — Rien ne presse. Qu'en pensez-vous? »

Quand ils furent assis l'un près de l'autre à table, Townsend raconta à Kitty qu'il connaissait Walter Lane depuis son arrivée dans la colonie.

— Nous jouons au bridge ensemble. C'est de beaucoup le meilleur joueur du Cercle.

En rentrant, elle avait répété cette opinion à Walter.

— Voilà qui ne signifie pas grand'chose.

— Comment joue-t-il ?

— Pas mal. Il tire le meilleur parti d'un beau jeu, mais, quand il a de mauvaises cartes, il perd la tête.

— Joue-t-il aussi bien que vous ?

— Je ne me fais pas d'illusion. Je me considère comme un très bon joueur de second ordre. Townsend se croit hors concours. Il se trompe.

— Ne vous plaît-il pas ?

— Il ne me plaît ni ne me déplaît. Je crois qu'il s'acquitte assez bien de ses fonctions, et tout le monde le dit bon sportsman. Il ne m'intéresse pas.

Une fois de plus, la réserve de Walter l'avait exaspérée. Pourquoi tant de retenue ? On aime les gens ou on ne les aime pas. Townsend lui avait beaucoup plu. Et elle ne s'y attendait guère. Peut-être était-ce l'homme le plus en vedette de la colonie. Le bruit courait que le secrétaire colonial ne tarderait pas à se retirer, et tout le monde espérait qu'il lui succéderait. Il jouait au tennis, au polo et au golf. Il avait une écurie de courses. Ses fonctions ne lui pesaient guère. Il était serviable, il ne faisait pas d'embarras. Kitty se demandait pourquoi elle avait pris en mauvaise part tout le bien qu'on disait de lui. Sottement, elle se le figurait très poseur : c'était bien la dernière chose à lui reprocher. Cette soirée l'avait amusée. Ils avaient parlé des théâtres de Londres, d'Ascot, de Cowes, de tout ce qu'elle aimait, comme s'ils s'étaient trouvés dans une maison élégante de Lennox Gardens ; et plus tard, à l'heure où les hommes rentrent au salon, il était revenu s'asseoir auprès d'elle. Sans rien dire d'original, il l'avait fait rire par sa façon de s'exprimer. On ne résistait pas à la caresse de sa voix profonde et timbrée, à la séduction de ses yeux lumineux. Celui-là avait du charme. Voilà ce qui prévenait en sa faveur.

Il était grand : six pieds deux pouces au moins, bien musclé et de tournure magnifique. Habillé à la dernière mode, mieux que tous les hommes présents, il portait ses vêtements avec chic. Kitty aimait qu'un homme fût élégant. Ses yeux glissèrent sur Walter : était-il assez fagoté !

Elle avait remarqué les boutons de gilet et de manchettes que portait Townsend ; les mêmes l'avaient frappée chez Cartier. Les Townsend étaient riches. Malgré le hâle prononcé, les joues de Charlie gardaient le rosé des climats tempérés. La coupe spirituelle de sa petite moustache découvrait des lèvres pleines et rouges ; ses cheveux en brosse étaient noirs et brillants. Et, sous les sourcils épais, la tendresse persuasive de ses yeux si bleus reflétait la douceur de sa nature. Aucun homme, avec ce regard-là, ne saurait faire souffrir.

Le succès de Kitty n'était pas douteux auprès de Townsend, dont la physionomie eut suffi à trahir l'admiration. Primesautier, il se souciait peu de l'effet qu'il produisait. Auprès de lui, Kitty se sentait en confiance, et elle goûtait son art de mêler au badinage, fond de leur conversation, les paroles qui frôlent, puis enveloppent. Lorsqu'au départ il lui retint la main, sa pression fut significative : elle ne s'y méprit pas.

— J'espère que nous nous reverrons bientôt, fit-il, d'un ton léger, mais ses yeux donnaient à cette phrase un sens que Kitty ne pouvait manquer de comprendre.

— Hong-Kong est très petit, n'est-ce pas ? dit-elle.

VII

Quand il devint son amant, la situation entre elle et Walter se fit délicieusement absurde. A peine pouvait-elle le regarder sans rire, lui si grave, si pondéré ! Elle était trop heureuse pour éprouver à son égard des dispositions hostiles. Sans lui, après tout, elle n'eût jamais connu Townsend. Malgré son désir de céder à l'amour, le dernier pas lui coûtait. Son éducation et les conventions la retenaient. Le hasard la jeta dans les bras de Charlie, et elle fut stupéfaite de se retrouver ensuite la même qu'auparavant Elle s'attendait à un bouleversement de tout son être, à un renouveau de sa personnalité : ce fut avec effarement qu'elle revit dans son miroir l'image de la femme qu'elle était la veille.

— Tu m'en veux ? lui avait-il demandé.

— Je t'adore, chuchota-t-elle.

— Avoue que tu as été bien sotte de perdre tant de temps !

— Tout à fait stupide.

Ils menèrent leur intrigue avec habileté. Comme le disait Charlie, il avait les reins solides. S'il dédaignait le danger, il redoutait pour Kitty le moindre risque. Trop rares, à son gré, étaient leurs tête-à-tête, mais il veillait d'abord à ne pas la compromettre. Ils se voyaient parfois à la boutique de curiosités, ou chez Kitty, après le déjeuner, quand personne ne s'y trouvait. Elle le rencontrait d'ailleurs un peu partout. Alors, son ton cérémonieux l'amusait. Il l'abordait avec cet enjouement que chacun aimait chez lui. Qui eût pu supposer, à entendre ses propos légers, que Kitty venait à peine de s'arracher à ses bras passionnés ?

Elle l'adorait. S'il était irrésistible au polo, dans ses élégantes bottes à revers et sa culotte blanche, en costume de tennis, il prenait l'air d'un tout jeune homme. Très fier de sa tournure, — Kitty n'en connaissait pas d'aussi remarquable, — il se donnait beaucoup de mal pour la conserver. Pain, beurre, pommes de terre étaient bannis de sa table. Et il prenait beaucoup d'exercice. Elle aimait la perfection de ses mains à laquelle collaborait chaque semaine une experte manucure. Sportsman admiré, il avait gagné, l'an passé, le championnat de tennis et, comme danseur, il était sans rival. Jamais on ne lui eût donné quarante ans.

— La bonne blague ! lui avait dit Kitty un jour; en réalité, tu as vingt-cinq ans.

Il avait ri, très flatté.

— Oh ! ma chérie ! Et mon fils de quinze ans ! Je suis un homme entre deux âges, bientôt un barbon.

— A cent ans, tu tourneras encore les têtes.

Elle aimait l'arc accentué des larges sourcils noirs sur ses yeux ensorceleurs.

Il était doué pour tout. Avec le même brio, il savait enlever un rag-time au piano ou interpréter d'une voix prenante une chanson à la mode. Rien au monde, pensait-elle, ne saurait embarrasser son amant. Il réussissait aussi dans sa carrière et, quand le gouverneur le félicitait de la façon habile dont il avait débrouillé une affaire difficile, l'orgueil de Kitty était aussi agréablement chatouillé que le sien.

— J'ai l'air de me vanter, riait Charlie, les yeux pleins de tendresse, mais aucun de mes collègues ne s'en serait mieux tiré.

Oh ! comme elle eût voulu être sa femme plutôt que celle de Walter !

VIII

Mais tout ce passé semblait soudain s'enfoncer dans une nuit profonde depuis la mystérieuse visite de cet après-midi. Le problème qu'elle posait absorbait la pensée de Kitty. Rien ne prouvait en somme que Walter sût la vérité. Mieux valait, s'il l'ignorait, ne pas casser les vitres. Pourtant, une explication franche n'eût-elle pas été préférable ? Au début de leur liaison, Kitty s'était résignée à ne voir Charlie qu'à la dérobée. Le temps accrut sa passion et, depuis quelques semaines, les obstacles qui les séparaient commençaient à l'exaspérer. De son côté, Charlie déplorait une situation qui l'obligeait à trop de discrétion et maudissait les liens qui les entravaient l'un et l'autre : « Quel rêve, s'écriait-il, si nous avions été libres tous deux ! » Cependant, elle comprenait sa prudence : nul ne recherche le drame. Il convient de bien réfléchir avant de bouleverser sa vie. Mais, si on la leur imposait, cette liberté, ah ! combien tout serait simplifié !

Personne n'en souffrirait beaucoup. Elle connaissait les relations de Charlie et de sa femme. Dorothée était froide et, depuis des années, il n'était plus question d'amour entre eux. Seuls, l'habitude, les convenances et, bien entendu, leurs enfants maintenaient leur union. Kitty aurait plus de peine à se dégager, son mari l'aimait. Mais son travail l'absorbait, et le Cercle charme bien des loisirs. Il se consolerait. Peut-être se remarierait-il ? Charlie ne comprenait pas que Kitty eût commis l'erreur d'associer sa vie à celle de Walter.

Donc, pas de sérieux obstacles. Tout s'arrangerait sans provoquer ni rancune ni scandale. Et enfin elle épouserait Charlie ! Kitty poussa un long soupir. Ils seraient très heureux. Jamais un tel bonheur ne serait acheté trop cher. Du brouillard de ses pensées surgissaient tour à tour des évocations de leur vie future : les voyages qu'ils feraient ensemble, leur home, la situation qu'il atteindrait, l'appui qu'il trouverait en elle. Il serait très fier de Kitty et elle, elle l'adorerait.

Mais, soudain, entre elle et ces rêves d'avenir, surgissait l'angoisse de l'appréhension. Tôt ou tard, Walter rentrerait. A cette pensée, le cœur de Kitty battait. Pourquoi ne s'était-il pas montré cet après-midi ? La moiteur de la peur glaçait la paume de ses mains. Et, pour se donner du courage, elle chercha à s'irriter. Si Walter provoquait une scène, c'était son affaire : le résultat dépasserait son attente. Jamais, dirait-elle, elle n'avait tenu à lui. Depuis leur mariage, pas un jour ne s'était pour elle écoulé sans regrets. Il distillait l'ennui. Oh ! l'avait-il assez lassée, impatientée, exaspérée ! Prétention grotesque, il se croyait supérieur à tous. Le sens de l'humour lui manquait. Elle détestait cette froideur, cet air d'arrogance, cette maîtrise de soi. Où est le mérite, vraiment, de rester impassible quand rien ni personne ne vous intéresse, hors vous-même ! Il lui répugnait. Ses baisers lui faisaient horreur. Quelles raisons avait-il d'être si content de lui ? Il dansait comme un sabot. Dans le monde, véritable éteignoir, il n'était même pas bon à se mettre au piano ou à chanter, il ne jouait pas au polo, et au tennis quelle médiocrité ! Le bridge ? Qui attache de l'importance au bridge ?

Et Kitty se montait de plus en plus. Qu'il s'avisât de lui faire des reproches ! Toute la responsabilité retombait sur lui. Elle se féliciterait qu'il vît clair enfin. Elle le haïssait. Elle était ravie d'en finir. Pourquoi ne l'avait-il pas laissée en paix ?

A force de la persécuter, il avait réussi à

l'épouser, mais, cette fois, elle était écœurée à en vomir.

— A en vomir, répétait-elle, à haute voix, éperdue de rage. Oui, à en vomir !

Elle entendit la voiture s'arrêter devant la grille du jardin. Il monta l'escalier.

IX

Il entra. Le cœur de Kitty sautait dans sa poitrine et ses mains tremblaient. Par bonheur, elle était étendue et son livre ouvert lui donnait une contenance. Sur le seuil, il s'arrêta un instant, et leurs yeux se rencontrèrent. Elle en eut la chair de poule, la respiration coupée. Walter était d'une pâleur mortelle. Une fois déjà, elle l'avait vu ainsi lorsque, assis auprès d'elle dans le parc, il lui avait demandé sa main. Immobiles et impénétrables, ses yeux paraissaient exorbités. Il savait tout.

— Vous revenez de bonne heure, hasarda-t-elle.

Ses lèvres crispées pouvaient à peine articuler. Dans son effroi, elle craignait de s'évanouir.

— C'est à peu près, je crois, l'heure habituelle.

Sa voix sonnait étrangement. Pour affecter plus de naturel, il avait un peu accentué le dernier mot, mais la contrainte était visible. S'apercevait-il que Kitty frissonnait de tous ses membres et avait peine à ne pas crier ? Il baissa les yeux.

— Je vais m'habiller.

Il sortit. Kitty se sentait brisée. Pendant deux ou trois minutes, elle ne put bouger. Enfin, chancelante comme une convalescente, elle s'arracha du divan. Ses jambes la porteraient-elles ? A l'aide des tables et des chaises, elle réussit à atteindre la véranda, puis, la main appuyée au mur, elle se traîna jusqu'à sa chambre. Quand, après avoir enfilé un déshabillé, elle revint à son boudoir, — le salon ne servait que pour les réceptions, — Walter, debout devant la table, regardait les illustrations du *Sketch*. Elle dut se forcer pour entrer.

— Descendons-nous ? Le dîner est servi.

— Vous ai-je fait attendre ?

Elle n'arrivait pas à réprimer le frémissement de ses lèvres.

Quand se déciderait-il à parler ?

Ils s'assirent. Le silence plana un moment. Puis il énonça une remarque qui, dans sa banalité, tomba de façon sinistre.

— L'*Empress* n'est pas entrée en rade, dit-il. Je me demande si c'est un orage qui l'a retardée.

— L'attendait-on aujourd'hui ?

— Oui.

Cette fois, elle leva les yeux. Ceux de Walter ne quittaient pas son assiette. Il fit une autre observation, non moins quelconque, à propos du prochain tournoi de tennis. Enfin, la conversation s'engageait. Le timbre de sa voix, sympathique à l'ordinaire par ses multiples inflexions, semblait bizarre, limité à un seul registre. On eût dit une voix entendue de très loin. Et, fixés tour à tour sur son assiette, la table ou un dessin pendu au mur, ses yeux continuaient à éviter Kitty. Elle se rendait compte qu'il ne pouvait pas se décider à la regarder.

— Montons-nous ? proposa-t-il à la fin du dîner.

— Si vous le voulez.

Elle se leva. Walter s'effaça pour la laisser passer. Ses paupières s'abaissèrent au moment où elle franchissait la porte. Dans le boudoir, il reprit le journal illustré.

— Est-ce un nouveau *Sketch* ? Je ne crois pas l'avoir vu.

— Je n'en sais rien. Je n'y ai pas pris garde.

Ce *Sketch* traînait là depuis quinze jours, et Walter, elle le savait, l'avait lu et relu. Il le feuilleta et s'assit. Kitty s'installa sur le divan et ouvrit son livre. D'habitude, le soir, quand ils étaient seuls, ils jouaient au mahjong ou faisaient des patiences. Enfoncé dans son fauteuil, Walter paraissait absorbé par les illustrations. Il ne tournait pas la page. Kitty s'efforçait de lire, mais les lettres dansaient devant ses yeux. Une douleur violente commença à lui serrer les tempes.

Quand allait-il parler ?

Une heure coula dans le silence. Incapable de soutenir plus longtemps son attitude, elle laissa tomber le roman sur ses genoux, et son regard se perdit dans le vague. La crainte du moindre geste, du plus petit bruit, la figeait. Walter, confortablement installé, demeurait immobile. Ses grands yeux énigmatiques ne quittaient pas le journal. Son calme était lourd de menaces. Kitty attendait comme la proie paralysée devant le bond de la bête sauvage.

Tout à coup, il se dressa. Les mains crispées, elle tressaillit. Elle se sentit pâlir. Le moment était venu.

— J'ai à travailler, dit-il de la même voix blanche, tandis que son regard continuait à fuir Kitty. Si vous le permettez, je vais passer dans mon laboratoire. Vous serez couchée, je pense, à l'heure où j'aurai fini.

— Je suis assez lasse.

— Alors, bonne nuit.

— Bonne nuit.

Il quitta la chambre.

X

Le lendemain matin, dès qu'elle le put, elle téléphona à Townsend à son bureau.

— Oui, qu'y a-t-il ?

— Il faut que je vous voie.

— Ma chère, je suis terriblement occupé. Vous savez que je travaille.

— C'est très important. Puis-je passer au Secrétariat ?

— Oh ! non ! Je ne vous le conseille pas.

— Alors, venez ici.

— Il m'est impossible de m'absenter. Voulez-vous cet après-midi ? Mais ne vaut-il pas mieux que je ne me montre pas chez vous ?

— Je veux vous voir tout de suite.

Il y eut un silence. Kitty crut la communication coupée.

— Êtes-vous toujours là ? demanda-t-elle, haletante.

— Oui, je réfléchissais. Y a-t-il du nouveau ?

— Je ne peux pas vous le raconter au téléphone.

Après un nouveau silence, il reprit :

— Écoutez ! Si cela suffit, je puis vous consacrer dix minutes à une heure. Allez chez Ku-Chou, et je vous rejoindrai dès que je serai libre.

— Chez l'antiquaire ? demanda-t-elle, consternée.

— Nous ne pouvons pourtant pas nous donner rendez-vous dans le hall du Hong-Kong Hôtel !

Elle remarqua dans sa voix une nuance d'irritation.

— Entendu. J'irai chez Ku-Chou.

XI

Elle quitta son pousse à l'avenue Victoria et, par une ruelle escarpée, elle atteignit la boutique. Un instant, elle s'attarda à la devanture, comme si son attention avait été attirée par l'étalage du bric-à-brac, mais le jeune vendeur à l'affût des clients la reconnut aussitôt et lui adressa un large sourire de connivence. Il jeta quelques mots en chinois à l'intérieur, et le patron, petit homme bouffi, en robe noire, sortit et salua Kitty. Elle se hâta d'entrer.

— M. Townsend n'est pas encore arrivé. Vous montez, n'est-ce pas ?

Elle gagna, par le fond du magasin, l'escalier délabré. Le Chinois la suivit et ouvrit la porte de la chambre à coucher. Un âcre relent d'opium s'y mêlait à l'air renfermé. Elle s'assit sur un coffre en bois de santal.

Bientôt, un pas pesant fit craquer les marches. Townsend entra et referma la porte. Son visage trahissait la mauvaise humeur, mais, à la vue de Kitty, il retrouva son charmant sourire. Il la prit dans ses bras et baisa ses lèvres.

— Allons ! qu'est-ce qui te tourmente ?

— Rien qu'à te voir, je me sens mieux, répondit-elle avec tendresse.

Il s'assit sur le lit et alluma une cigarette.

— Tu parais plutôt déprimée, ce matin.

— Cela ne m'étonne pas. Je n'ai pas fermé l'œil de la nuit.

Townsend la regarda. Il continuait à sourire, mais d'un sourire un peu forcé. Dans ses yeux, Kitty crut saisir une nuance d'anxiété.

— Il sait, dit-elle.

Quelques secondes s'écoulèrent avant que Townsend répondît :

— Qu'a-t-il dit ?

— Rien.

Il lui lança un regard inquisiteur.

— Alors, qu'est-ce qui te fait penser qu'il sait ?

— Tout. Son attitude. La façon dont il parlait à dîner.

— Était-il désagréable ?

— Non, d'une politesse scrupuleuse, au contraire. Mais pour la première fois, depuis notre mariage, il ne m'a pas embrassée avant de me quitter pour la nuit.

Elle baissa les yeux. Charlie comprenait-il ?

Chaque soir, Walter l'enlaçait, et ses lèvres pressées contre les siennes ne pouvaient plus se détacher. Tout son corps frémissait dans ce baiser...

— A ton avis, pourquoi n'a-t-il rien dit ?

— Je ne sais pas.

Un silence. Assise, immobile, sur le coffre de bois, Kitty dévisageait son amant avec angoisse : une ride se creusait entre ses sourcils, il paraissait mécontent. Les coins de sa bouche s'abaissaient.

Mais, tout à coup, il releva la tête, une lueur de gaîté dans le regard.

— Je me demande s'il se décidera à parler.

Elle ne répondit pas. Charlie la déconcertait.

— Après tout, il ne serait pas le premier à fermer les yeux. Un esclandre ? A quoi bon ! S'il l'avait cherché, il serait entré dans ta chambre. En pareil cas, un homme n'a qu'un moyen de sauver la façade : prétendre tout ignorer. C'est ce qu'il va faire. Je te parie ce que tu voudras.

Plus Townsend parlait, plus il s'animait. Ses yeux bleus brillaient et il retrouvait sa nature insouciante et gaie. Une rassurante sécurité émanait de lui.

— Dieu sait que je tiens à ne rien dire de désobligeant pour ce pauvre Walter, mais un bactériologue n'est, en somme, qu'un bien modeste personnage. Selon toute probabilité, au départ de Simons, je deviendrai secrétaire colonial ; il a avantage à rester en bons termes avec moi.

Comme nous tous, il doit penser à sa matérielle. T'imagines-tu que le ministère des Colonies soit disposé à appuyer un garçon qui suscite un scandale ? Crois-moi, Walter a tout à gagner à tenir sa langue et tout à perdre à faire des histoires.

Kitty eut un mouvement d'embarras. Walter était timide. La peur d'une scène, la crainte d'attirer l'attention publique pouvaient, en effet, l'influencer, mais que le souci de son intérêt pût l'arrêter, voilà ce qu'elle n'admettait pas. Peut-être le connaissait-elle mal, mais Charlie ne le connaissait pas du tout.

— Oublies-tu qu'il m'aime à la folie ?

Le sourire malicieux auquel elle ne résistait pas accueillit cette question.

— Eh bien ? reprit-elle, je parie que tu vas dire une insolence.

— Tu sais, les femmes s'exagèrent volontiers leur empire sur les hommes.

Pour la première fois, elle rit : tant d'insouciance était contagieuse.

— Vrai ! tu as du toupet !

— Remarque que tu ne te mets guère en frais pour ton mari. Peut-être ne le fascines-tu plus comme autrefois.

— En tout cas, je n'aurai jamais d'illusions sur tes sentiments, répliqua-t-elle.

— Voilà où tu te trompes.

Ah ! que c'était bon, de l'entendre parler ainsi ! Sa foi dans la passion de son amant lui réchauffait le cœur. Sur ces derniers mots, il se leva et vint s'asseoir sur le coffre auprès d'elle. Son bras entoura la taille de la jeune femme.

— Ne te mets plus martel en tête, conclut-il. Tu n'as rien à redouter, je te promets. Je suis certain qu'il se taira. Ce genre de choses, tu sais, est bien difficile à prouver. Tu dis qu'il t'aime. Peut-être n'a-t-il nulle envie de te perdre à jamais. Si tu étais ma femme, je supporterais tout, je te le jure, pour ne pas en arriver là.

Elle se serra contre lui. Au contact de Charlie, son corps s'abandonnait. L'amour qu'elle éprouvait touchait à la torture. Ces dernières paroles l'avaient frappée. Afin de pouvoir la reprendre, qui sait si Walter ne supporterait pas toutes les humiliations ? Elle comprenait ce sentiment : c'était celui que lui inspirait Charlie. Elle tressaillit d'orgueil, mais elle éprouva du dédain pour l'homme capable d'aimer avec tant de servilité.

Tendrement, elle jeta les bras autour du cou de Charlie.

— Tu es épatant ! il n'y a qu'un instant, je tremblais comme une feuille et, maintenant, je vois tout en rose.

Il lui prit le visage entre les mains et baisa ses lèvres.

— Chérie !

— Tu es toute ma consolation, soupira-t-elle.

— Il n'y a pas de quoi avoir peur. Et, tu sais,

je te défendrai. Ce n'est pas moi qui te lâcherai.

Kitty avait oublié ses craintes. Dans son aberration, elle alla jusqu'à regretter ses plans d'avenir. Elle souhaitait presque que Walter insistât pour divorcer.

— Je savais que je pouvais compter sur toi, dit-elle.

— Je l'espère !

— Ne faut-il pas que tu ailles déjeuner ?

— Il s'agit bien de déjeuner !

Il l'attira plus près de lui ; son étreinte se resserra. Sa bouche chercha celle de Kitty.

— Oh ! Charlie, laisse-moi m'en aller.

— Jamais.

Elle eut un petit rire, rire d'amour heureux et de triomphe. Le désir dilatait les yeux de Charlie. Il la mit debout, et, tout en la tenant pressée contre lui, il ferma la porte à clé.

XII

Toute la journée, elle réfléchit à ce que Charlie avait dit à propos de Walter. Ce soir-là, elle dînait en ville et, quand son mari revint du Cercle, elle était dans son cabinet de toilette. Il frappa.

— Entrez.

— Je vais me préparer, fit-il, sans ouvrir. Dans combien de temps serez-vous prête ?

— Dix minutes.

Sans rien ajouter, il passa chez lui. Sa voix révélait cette contrainte qui la veille avait frappé Kitty. Mais la jeune femme avait repris son assurance. Elle fut habillée la première et, quand il descendit, elle était déjà installée dans la voiture.

— Je crains de vous avoir fait attendre, dit-il.

— Je n'en mourrai pas, répliqua Kitty, et elle réussit à sourire.

Comme ils gravissaient la colline, elle risqua une ou deux remarques, mais il coupa court. Impatientée, elle haussa les épaules. S'il voulait bouder, libre à lui ! Sans mot dire, ils parvinrent à destination. C'était un grand dîner : trop d'invités et d'innombrables services. Tout en bavardant, Kitty observait Walter. Les traits tirés, il était d'une pâleur de mort.

— Votre mari a l'air fatigué. Je croyais qu'il supportait bien la chaleur. A-t-il eu beaucoup à faire ?

— Il travaille trop.

— Vous ne tarderez sans doute pas à partir ?

— Oh ! non, je pense aller au Japon, comme l'année dernière. Le docteur dit que, si je ne veux pas m'anémier à fond, je dois fuir cette température.

Dans le monde, Walter lui adressait de temps en temps un sourire. Aujourd'hui, pas un regard. En montant en voiture, il avait détourné les yeux, et quand, avec sa politesse coutumière, il lui avait tendu la main pour l'aider à mettre pied à terre, il ne s'était pas départi de son air absent. A présent, dans sa conversation avec ses voisines, il fixait sur elles un regard sévère. Ses yeux paraissaient démesurés et, tels de noirs charbons, ils trouaient sa pâleur de cire. Son expression était dure et fermée.

« Le gai compagnon, vraiment ! » songeait Kitty.

L'idée des malheureuses se mettant en frais pour ce masque farouche ne manquait pas de l'égayer.

Il savait : le doute n'était plus possible, et il lui en voulait furieusement. Plus elle réfléchissait, plus elle faisait crédit à la psychologie de Charlie. De nouveau, ses yeux cherchèrent son mari.

A ce moment, les femmes qui encadraient Walter parlaient avec leurs autres voisins, et il se trouvait abandonné à lui-même. Perdu dans ses pensées, il regardait droit devant lui, et sa physionomie trahissait une tristesse mortelle. Kitty en reçut un choc.

XIII

Le lendemain, comme elle somnolait sur son lit après le déjeuner, un coup frappé à la porte la fit sursauter.

— Qui est-ce ? cria-t-elle, irritée.

A cette heure, elle n'avait pas l'habitude d'être dérangée.

— Moi.

Elle reconnut la voix de son mari et s'empressa de se redresser.

— Entrez.

— Vous ai-je réveillée ?

— Oui, je l'avoue, répondit-elle, sur le ton détaché qu'elle avait adopté avec lui depuis deux jours.

— Voulez-vous passer dans l'autre chambre ? Je désire avoir un petit entretien avec vous.

Le cœur de Kitty battit.

— J'enfile un peignoir.

Il la quitta. Elle glissa ses pieds nus dans des mules et s'enveloppa d'un kimono. Elle courut au miroir : sa pâleur la surprit. Elle se mit du rouge. Sur le seuil, elle hésita un instant, rassemblant ses forces pour l'entrevue, puis, l'air assuré, elle rejoignit Walter.

— Comment vous êtes-vous arrangé pour quitter le laboratoire ? fit-elle. Je ne vous vois pas souvent à cette heure-ci.

— Ne restez pas debout.

Il ne la regardait pas. Sa voix était grave. Elle s'assit avec plaisir. Ses genoux se dérobaient, et, incapable de soutenir le ton badin, elle demeurait silencieuse. Il prit une chaise et alluma une cigarette. Sans repos, ses yeux erraient à travers la chambre. Il paraissait éprouver quelque difficulté à commencer.

Soudain, il lui planta son regard en pleine face, et ce regard direct qui si longtemps avait fui le sien la saisit à tel point qu'elle étouffa un cri.

— Avez-vous jamais entendu parler de Mei-tan-Fu ? demanda-t-il. Les journaux s'en sont beaucoup occupés, ces derniers temps.

Kitty le considéra, stupéfaite.

— N'est-ce pas l'endroit où il y a le choléra ? M. Arbuthnot en parlait encore hier soir.

— C'est le foyer d'une épidémie. La plus violente, je crois, qu'on ait vue depuis des années.

Il y avait là un missionnaire médecin. Le choléra l'a enlevé voici trois jours. A part quelques religieuses françaises et le commissaire des douanes, tout le monde a fui.

Ses yeux ne quittaient plus Kitty. Fascinée, elle s'efforçait de déchiffrer leur expression, mais, dans son agitation, elle n'en discernait que la singulière acuité. Comment pouvait-il fixer avec tant de persistance ? Ses paupières ne clignaient même pas.

— Les religieuses font ce qu'elles peuvent, mais les gens meurent comme des mouches. L'orphelinat a été transformé en hôpital. J'ai offert d'aller en prendre la direction.

— Vous ?

Elle tressaillit. Sa première pensée fut qu'alors rien ne l'empêcherait plus de voir Charlie à toute heure, mais ce sentiment la fit rougir. Pourquoi Walter l'observait-il ainsi ? Elle se détourna avec embarras.

— Est-ce donc indispensable ? bégaya-t-elle.

— Il n'y a pas un médecin étranger sur place.

— Mais vous n'êtes pas médecin, vous êtes bactériologue.

— Je suis docteur en médecine, et, avant de me spécialiser, j'ai fait beaucoup de pratique dans un hôpital. Ma qualité de bactériologue est, au contraire, un avantage. Je trouverai là-bas un admirable champ d'expérience.

Il parlait sur un ton presque léger et, déconcertée, elle surprit dans ses yeux une lueur d'ironie. Elle ne comprenait pas.

— Mais ne courrez-vous pas un grand danger ?

— Terrible.

Il grimaça un sourire. Elle se prit le front entre les mains. Un suicide ? C'était bien cela.

Horreur ! Jamais elle n'aurait cru qu'il prendrait ainsi les choses. Impossible de le laisser faire. Ce serait de la cruauté. Était-ce sa faute, à elle, si elle ne l'aimait pas ? A la pensée insupportable qu'il se sacrifiait, les larmes roulèrent sur ses joues.

— Pourquoi pleurez-vous ?

La voix de Walter était glaciale.

— Rien ne vous oblige à y aller, n'est-ce pas ?

— Non, je pars de mon plein gré.

— Je vous en prie, Walter, renoncez à ce projet. Si quelque chose arrivait, ce serait trop épouvantable ! Si vous alliez mourir !

Une fois de plus, un sourire s'esquissa dans la face impassible de Walter. Il ne répondit pas.

— Où se trouve cet endroit ? demanda-t-elle, après un silence.

— Mei-tan-Fu ? Sur un affluent du Si-Kiang. Nous remonterons le fleuve, puis nous irons en chaises.

— Qui, nous ?

— Vous et moi.

Elle leva vivement les yeux. Avait-elle mal entendu ?

Mais, cette fois, le sourire gagnait les lèvres de Walter, cependant que se durcissait son regard.

— Comptez-vous que je vais vous accompagner ?

— Je pensais que cela vous tenterait.

La respiration de Kitty s'accéléra. Elle frissonna.

— Ce n'est pas la place d'une femme. Il y a des semaines que le missionnaire a renvoyé sa famille, et le représentant des pétroles est descendu lui aussi. J'ai rencontré sa femme à un goûter. Elle a raconté, je me souviens, qu'ils avaient quitté leur résidence à cause du choléra.

— Il y a là-bas cinq religieuses françaises.

La terreur la saisit.

— Je ne vous comprends pas. Ce serait de la folie pour moi d'y aller. Vous savez combien je suis délicate. Le docteur Hayvard trouve que je ne dois même pas rester à Hong-Kong par la chaleur. Jamais je ne pourrai supporter cette fournaise. Et le choléra ! J'aurais une peur horrible. C'est vraiment courir après le danger. Je n'ai aucune raison de partir. J'en mourrais.

Il ne répondit pas. Dans sa détresse, elle le regarda de nouveau, et un cri faillit lui échapper. La pâleur terreuse du visage de Walter la pétrifia. La haine y éclatait. En était-il donc arrivé à désirer sa mort ? Elle dressa toutes ses forces contre la condamnation inexprimée.

— C'est absurde ! Si vous jugez bon de vous

exposer ainsi, c'est votre affaire. Mais, vraiment, vous ne pouvez pas espérer que je vous suive. Je déteste les maladies. Une épidémie de choléra ! Je ne pose pas pour l'héroïsme, et j'en conviens sans honte. Je ne bougerai pas d'ici jusqu'à mon départ pour le Japon.

— Je croyais que vous tiendriez à m'accompagner, alors que je m'engage dans une périlleuse expédition.

Cette fois, l'ironie éclatait. Kitty resta interdite. Pensait-il ce qu'il disait ? S'amusait-il seulement à l'inquiéter ?

— Personne ne saurait me blâmer de refuser une telle résidence où rien ne m'appelle et où je ne puis rendre aucun service.

— Votre présence serait de la plus grande utilité, au contraire ! Vous pourriez m'égayer et m'encourager.

La pâleur de Kitty s'accentua.

— Je ne comprends pas.

— Pourtant, cela ne passe pas le niveau d'une intelligence moyenne.

— Je ne partirai pas, Walter. Votre proposition est monstrueuse.

— Alors, je ne pars pas non plus. Je vais immédiatement déposer ma demande en divorce.

Cette conclusion était si inattendue qu'au premier moment, effarée, Kitty put à peine en saisir le sens.

— Mais quelle mouche vous pique ? balbutia-t-elle.

Pour elle-même, sa réponse sonnait faux, et elle vit naître une expression de dédain sur le visage de Walter.

— Vous m'avez, je le crains, cru plus bête que je ne le suis.

Elle ne savait que dire. Affirmer son innocence avec indignation ? Éclater en reproches véhéments ? Il paraissait lire ses pensées.

— J'ai toutes les preuves.

Elle se mit à pleurer. Ses larmes jaillissaient sans effort et elle ne les essuyait pas. Chaque sanglot était du temps gagné. Mais son cerveau demeurait paralysé. Sans émoi apparent, Walter la scrutait, et ce sang-froid effrayait Kitty. Soudain, il s'impatienta.

— Ce n'est pas en pleurant que vous avancerez les choses.

Dure et tranchante, sa voix éveilla la révolte en Kitty. Elle retrouva la maîtrise de ses nerfs.

— Je m'en moque. J'imagine que vous ne verrez pas d'inconvénient à prendre les torts. Un homme n'a rien à y perdre.

— Permettez-moi de vous demander pourquoi je m'imposerais le plus petit désagrément à cause de vous ?

— Que vous importe ? Est-ce beaucoup de vous demander d'agir en gentleman ?

— Votre sort m'inspire trop d'intérêt.

Elle se dressa et tamponna ses yeux.

— Qu'entendez-vous par là ?

— Townsend ne vous épousera que s'il est compromis et sa femme contrainte au divorce par le scandale !

— Vous ne savez pas ce que vous dites ! s'écria-t-elle.

— Pauvre folle !

Ce fut lancé avec un tel mépris que Kitty rougit sous l'insulte. Et peut-être le contraste avec la courtoisie et la tendresse que son mari lui avait toujours témoignées augmentait-il son dépit. Elle avait été accoutumée à le trouver docile à la moindre de ses fantaisies.

— Si vous voulez la vérité, la voici. Il n'a que trop envie de m'épouser. Dorothée Townsend est toute prête à divorcer et, aussitôt libres, nous nous marierons.

— Vous a-t-il parlé de ce projet avec cette précision, ou est-ce seulement votre impression personnelle ?

Ses yeux la narguaient. Kitty se sentit troublée. Charlie avait-il vraiment été aussi affirmatif ?

— Il l'a dit et redit.

— C'est un mensonge, et vous le savez bien.

— Il m'aime de tout son cœur, de toute son âme. Il m'aime aussi passionnément que je l'aime. Vous savez ce qui s'est passé. Pourquoi nierais-je ? Il est mon amant depuis un an, et j'en suis fière. Toute ma vie dépend de lui, et je suis soulagée que vous le sachiez enfin. Nous sommes excédés des secrets et des compromis. J'ai été stupide de vous épouser. Jamais je n'ai tenu à vous. Jamais rien ne nous a rapprochés. Je n'aime pas les gens qui vous plaisent, et les choses qui vous intéressent m'assomment. Je suis ravie d'en finir.

Sans un geste, le visage toujours impénétrable, il écoutait avec attention. Rien dans sa physionomie ne révélait qu'il fût touché par les paroles de sa femme.

— Savez-vous pourquoi je vous ai épousé ?

— Pour être mariée avant votre sœur Doris.

C'était exact. Mais Kitty reçut un choc en découvrant qu'il ne l'ignorait pas. A sa peur et à sa fureur se mêla une pitié inattendue. Walter sourit faiblement.

— Je n'avais pas d'illusion, reprit-il. Je vous savais frivole, sotte et superficielle. Mais je vous aimais. Je savais la mesquinerie de vos visées et la médiocrité de votre idéal. Mais je vous aimais. Je vous savais une intelligence de second ordre : je vous aimais. Je faisais un effort grotesque pour prendre plaisir aux choses qui vous amusaient et pour vous dissimuler que je n'étais ni ignorant, ni vulgaire, ni médisant, ni bête. Je connaissais votre répulsion pour l'intelligence et je tâchais d'égaler à vos yeux la nullité de vos amis. Je savais que vous m'aviez épousé par raison. Cela m'était égal, je vous aimais tant ! La plupart des êtres se sentent lésés quand ils aiment sans réciprocité. Ils en nourrissent de l'amertume et de l'aigreur. Ce n'était pas mon cas. Je n'ai jamais espéré être aimé de vous. Comment m'y serais-je attendu ? Je ne me suis jamais trouvé séduisant. J'étais reconnaissant d'être autorisé à vous aimer. Si, parfois, vous paraissiez contente de moi, si je remarquais dans vos yeux une lueur d'affection, j'étais transporté. Dans ma crainte de vous importuner, j'étais toujours à l'affût du premier signe de lassitude. Je sollicitais comme une faveur ce que la plupart des maris eussent considéré comme un droit.

Accoutumée toute sa vie à l'adulation, Kitty ne s'était jamais entendu tenir de pareils propos. Une rage sourde, plus forte que l'inquiétude, la mordit au cœur. Elle sentait les veines de ses tempes se gonfler. La vanité blessée peut rendre une femme plus vindicative que la lionne privée de ses petits. Le dur profil de son menton prenait, en cet instant, une laideur simiesque et la rancune assombrissait son regard. Mais elle se contint.

— Si un homme n'a pas ce qu'il faut pour se faire aimer d'une femme, à qui la faute ?

— Évidemment.

Ce ton narquois accrut la fureur de Kitty. Elle comprit qu'en demeurant calme, elle blesserait davantage Walter.

— Sans doute, ne suis-je ni très instruite ni

très intelligente. Une jeune femme très banale, en effet. J'aime ce qui plaît aux gens de mon milieu : la danse, le tennis, le théâtre. J'aime les hommes sportifs. C'est la pure vérité que vous m'avez toujours assommée, vous et les choses qui vous plaisent. Elles ne présentent pour moi aucun intérêt et je n'éprouve nul besoin de les comprendre. A Venise, vous m'avez traînée pendant des heures à travers les musées ; j'aurais mille fois préféré jouer au golf.

— Je le sais.

— Si je ne vous ai pas apporté tout ce que vous attendiez, je le regrette. Par malheur, votre physique m'a toujours répugné. Vous ne pouvez pas me le reprocher.

— Je ne vous le reproche pas.

S'il se fût emporté, Kitty eût fait front plus aisément. Elle aurait opposé la violence à la violence. Le sang-froid de Walter l'exaspérait. Elle le haïssait comme jamais encore elle ne l'avait haï.

— Vous n'êtes pas un homme. Pourquoi n'êtes-vous pas entré dans ma chambre, sachant que je m'y trouvais avec Charlie ? Vous auriez pu au moins essayer de le rosser. Aviez-vous peur ?

Mais, ces paroles à peine prononcées, la honte empourpra ses joues. Il ne répondit pas. Ses yeux révélaient un mépris glacial et l'ombre d'un sourire effleurait ses lèvres.

— Peut-être, comme certain personnage historique, suis-je trop fier pour me battre !

A court de réplique, Kitty haussa les épaules. Un instant encore, il la tint sous son regard immobile.

— J'ai dit tout ce que j'avais à vous dire : si vous refusez de partir pour Mei-tan-Fu, je dépose ma demande en divorce.

— Pourquoi ne consentez-vous pas à prendre les torts et à sauver ma réputation ?

Enfin il détacha son regard d'elle. Il se renversa dans son fauteuil, alluma une cigarette et sans un mot, la fuma tout entière. Alors, jetant le bout de carton, il sourit et, de nouveau, considéra Kitty.

— Si Mme Townsend me donne l'assurance qu'elle divorcera, si j'ai la promesse écrite de son mari de vous épouser une semaine après la ratification des deux jugements, j'accepte.

Quelque chose dans son intonation inquiéta Kitty, mais l'amour-propre l'obligea à accepter cette offre en belle joueuse.

— Voilà un geste très élégant, Walter.

A la stupeur de sa femme, il éclata de rire. Choquée, elle rougit.

— Pourquoi riez-vous ? Il n'y a pas de quoi.

— Je vous demande pardon ! J'ai du comique une notion spéciale.

Kitty cherchait une riposte amère et cinglante ; elle ne la trouva pas. Walter consulta sa montre.

— Si vous désirez ne pas manquer Townsend à son bureau, je vous engage à vous dépêcher.

Au cas où vous décideriez de m'accompagner à Mei-tan-Fu, il faudrait partir après-demain.

— Vous voulez que je lui parle aujourd'hui même ?

— Pourquoi remettre à demain ?

Kitty se sentait mal à l'aise. Ce n'était pas de l'inquiétude qu'elle éprouvait. Quoi donc au juste ? Elle regrettait cette précipitation : elle aurait voulu préparer Charlie. Mais il lui inspirait une confiance absolue ; il l'aimait autant qu'elle l'aimait, et l'idée, même fugitive, qu'il pût se dérober lui semblait une trahison. Grave, elle se tourna vers Walter.

— Vous ne connaissez pas l'amour. Vous ne pouvez imaginer à quel point nous nous aimons. C'est la seule chose qui compte, et tous les sacrifices qu'exigera notre amour nous paraîtront légers.

Il s'inclina en silence, et son regard la suivit, tandis qu'à pas mesurés elle quittait la chambre.

XIV

« Puis-je vous voir ? C'est urgent. » Le boy chinois qui avait porté ce mot à Charlie vint la prévenir que M. Townsend la recevrait dans cinq minutes. Elle se sentait nerveuse à l'extrême. Quand on l'introduisit dans le bureau de Charlie, il s'avança avec empressement, mais, aussitôt la porte refermée derrière le boy, l'affabilité courtoise de l'accueil s'effaça.

— Écoutez, ma chère amie, vous ne devriez pas paraître ici. J'ai beaucoup à travailler, et ce n'est vraiment pas le moment de faire jaser.

Les beaux yeux de Kitty se posèrent sur lui, et elle essaya de sourire, mais ses lèvres contractées s'y refusèrent.

— Il fallait que je vienne.

Il sourit et la prit par le bras.

— Enfin, puisque tu es là, assieds-toi.

Haute de plafond, toute en longueur, les murs peints en deux tons de brun, la pièce était sommairement meublée : un grand bureau, le siège tournant de Townsend et un fauteuil de cuir pour les visiteurs. Kitty s'assit avec timidité, Charlie s'installa à son bureau. Jamais elle ne l'avait vu porter des lunettes. Elle ignorait qu'il s'en servît. Quand il s'aperçut qu'elle les remarquait, il les ôta.

— Je ne les emploie que pour lire, dit-il.

Kitty avait la larme facile, et elle commença à pleurer, dans l'instinctif désir d'exciter la sympathie de son amant, plutôt que par calcul. Étonné, il la regarda.

— Qu'est-ce qui te prend ? Oh ! chérie, ne pleure pas !

Elle prit son mouchoir et s'efforça de réprimer ses sanglots. Il sonna. Quand le boy parut, il alla lui dire à la porte :

— Si l'on me demande, réponds que je suis sorti.

— Très bien, monsieur.

Le boy s'éloigna. Charlie s'assit sur le bras du fauteuil et entoura l'épaule de la jeune femme.

— Raconte-moi, ma Kitty.

— Walter veut divorcer.

Elle sentit l'étreinte se desserrer et Townsend se raidir. Il y eut un silence. Puis il se leva et retourna s'asseoir à son bureau.

— Qu'est-ce que cela signifie ? dit-il.

Sa voix s'étranglait. Kitty remarqua qu'il était cramoisi.

— Nous venons d'avoir une explication. J'arrive de la maison. Il prétend avoir toutes les preuves.

— Tu ne t'es pas trahie, j'espère ? Tu n'as rien avoué ?

Le cœur de Kitty se serra.

— Non, répondit-elle.

— Tu es bien sûre ? insista-t-il avec un regard pénétrant.

Elle mentit encore :

— Tout à fait sûre.

Il s'enfonça dans son fauteuil et considéra distraitement la carte de Chine qui pendait au mur, en face de lui. Anxieuse, Kitty l'observait. L'effet de ses révélations la déconcertait. Elle s'était imaginé Charlie la prenant dans ses bras et lui disant son bonheur de ne plus jamais la quitter. Les hommes sont incompréhensibles. Elle sanglotait doucement, sans songer, cette fois, à éveiller sa compassion.

— Nous nous sommes fourrés dans un rude pétrin, reprit-il enfin. Mais, à quoi bon perdre la tête ? Ce ne sont pas les larmes qui nous tireront d'affaire, vous savez.

Elle remarqua l'irritation de sa voix et s'essuya les yeux.

— Ce n'est pas ma faute, Charlie. Je n'y puis rien.

— Évidemment. Nous avons la guigne. Je suis tout autant à blâmer que toi. À présent, il s'agit de nous débrouiller. Pas plus que moi, tu n'as envie de divorcer, je suppose ?

Elle étouffa un soupir convulsif et le regarda : il ne pensait guère à elle. Il parlait surtout pour lui-même.

— Autre chose est de porter une accusation ou d'en prouver la véracité. Tout avocat te le dira. Notre plan doit être de nier, et, si Walter nous menace d'un procès, nous l'enverrons au diable et nous plaiderons.

— Je ne peux pourtant pas comparaître devant le tribunal, Charlie.

— Et pourquoi pas ? Je crains que tu n'y sois forcée. Dieu sait que je déteste les histoires, mais nous ne pouvons pas nous laisser faire.

— Pourquoi nous défendre ?

— Quelle question ! Tu n'es pas seule en cause, cela me concerne aussi... D'ailleurs, je ne crois pas que tu aies à redouter cette extrémité. D'une façon ou de l'autre, nous arriverons à clouer ton mari. L'unique point qui me tracasse, c'est d'arrêter la meilleure tactique.

Une idée parut lui venir, car il se tourna vers Kitty avec son plus charmant sourire ; sa voix, tout à l'heure dure et positive, redevint câline.

— Tu as dû être bouleversée, pauvre gosse ! Quelle pitié !

Il lui prit les mains.

— Nous sommes dans un mauvais cas, mais nous en sortirons. Ce n'est pas...

Il s'interrompit, et Kitty le soupçonna d'avoir failli dire que ce n'était pas la première fois que cela lui arrivait.

— Avant tout, ne nous affolons pas. Tu sais que je ne te lâcherai jamais.

— Je n'ai pas peur. Tout ce qu'il peut manigancer m'est indifférent.

Il souriait encore, mais avec contrainte.

— Si les choses tournent mal, je raconterai tout au Gouverneur. Il me fera une belle scène, mais c'est un brave garçon et un homme du monde. Il nous tirera d'embarras. Il a l'horreur du scandale.

— Qu'y peut-il ?

— Influencer Walter. S'il n'y parvient pas en faisant appel à son ambition, il s'adressera à son sentiment du devoir.

Kitty sentait un froid intense la pénétrer. Charlie ne paraissait pas comprendre la gravité poignante de la situation. Cette légèreté la peinait. Elle regrettait d'être venue le voir. L'ambiance lui semblait hostile.

Dans les bras de son amant, l'aveu de la vérité lui eût moins coûté.

— Tu ne connais pas Walter, dit-elle.

— Je sais que tout homme est à vendre. Il suffit d'y mettre le prix.

Elle aimait Charlie de tout son cœur, mais

cette phrase la confondit. De la part d'un homme si intelligent, la réponse était stupide.

— Tu n'imagines pas le degré de sa colère. Tu n'as pas vu sa tête, ni l'expression de ses yeux.

Sans rien dire, il la regarda en dessous. Elle devina sa pensée. Walter, le bactériologue, occupait une situation subalterne : il n'aurait pas l'imprudence de contrecarrer les principaux chefs de la colonie.

— Ne te fais pas d'illusions, Charlie, insista-t-elle. Si Walter est résolu à plaider, personne au monde ne l'en empêchera.

Le visage de Townsend s'assombrit :

— Compte-t-il me rendre responsable ?

— C'était son intention, mais j'ai obtenu qu'il prenne les torts.

— Oh ! alors, tout s'arrange. — Ses façons s'adoucirent et elle lut le soulagement dans ses yeux. — Cette solution me paraît excellente. D'ailleurs, à moins d'être un goujat, c'est le moins qu'un homme puisse faire.

— Il y a une condition.

Il lui lança un coup d'œil scrutateur et parut se recueillir.

— Je ne suis pas riche, mais je ferai ce que je pourrai.

Kitty se taisait. Il disait des choses si inattendues qu'elle en demeurait interdite. Elle avait compté tout raconter d'une traite, blottie dans les bras de Charlie, sa face brûlante cachée contre la poitrine de son ami.

— Il consent à ne pas plaider si ta femme lui donne l'assurance qu'elle divorcera aussi.

— C'est tout ?

Kitty pouvait à peine parler.

— Et, — ce n'est pas commode à dire, Charlie, cela paraît insensé, — si tu t'engages à m'épouser dans la semaine qui suivra le jugement.

Un moment, il garda le silence. Puis il prit la main de Kitty et la pressa.

— Tu sais, chérie, dit-il, quoi qu'il arrive, nous ne devons pas y mêler Dorothée.

Abasourdie, elle tressaillit.

— Je ne comprends pas ? Comment ?

— En ce monde, on ne peut pas ne penser qu'à soi. Vois-tu, si les circonstances l'avaient permis, tout mon bonheur eût été de t'épouser. Mais il n'y faut pas songer. Je connais Dorothée. Rien ne la déciderait au divorce.

Les larmes de Kitty jaillirent à nouveau. Il vint s'asseoir auprès d'elle, le bras autour de sa taille.

— Tâche de te maîtriser, chérie. Il *faut* garder notre sang-froid.

— Je croyais que tu m'aimais...

— Mais oui, je t'aime, dit-il, tendrement. Peux-tu encore en douter ?

— Si elle ne veut pas divorcer, Walter te tiendra pour responsable.

Il hésita. Son ton se fit sec.

— Ce serait la fin de ma carrière, et qu'y gagnerais-tu ? Au pis-aller, j'avouerai la vérité à Dorothée; elle aura beaucoup de chagrin, mais elle me pardonnera. — Il suivait une idée. — D'ailleurs, ne serait-ce pas en tout cas la meilleure des tactiques ? Si elle allait trouver ton mari, elle le déciderait certainement à tenir sa langue.

— En somme, tu refuses de divorcer ?

— Dame, ne dois-je pas songer à mes fils ? Et, surtout, je ne veux pas rendre Dorothée malheureuse. Nous avons toujours fait très bon ménage. Elle a été une femme parfaite.

— Pourquoi prétendais-tu qu'elle ne comptait pas pour toi ?

— Jamais de la vie. Je t'ai dit que je n'étais pas amoureux d'elle. Depuis des années, nous vivons fraternellement, sauf à de rares occasions : à Noël, par exemple, la veille de son départ pour l'Angleterre ou quand elle en revient. Ce n'est pas une femme portée sur ce genre d'exercice. Mais nous avons toujours été très unis. Personne ne se doute à quel point elle m'est indispensable, je te l'avoue sans fausse honte.

— Alors pourquoi m'as-tu prise ?

Elle se demandait comment elle pouvait s'exprimer avec tant de calme, quand la terreur lui coupait le souffle.

— Tu étais la plus exquise petite créature que

j'eusse rencontrée depuis des années. Je suis devenu fou de toi, ne me le reproche pas.

— Tu m'as dit que tu ne m'abandonnerais pas.

— Mais, bon Dieu ! je ne t'abandonne pas. Seulement, nous ne vivons pas dans une île déserte et il faut tirer de notre sort le meilleur parti possible. Tâche donc d'être raisonnable !

— Comment veux-tu que je sois raisonnable ? Pour moi, notre amour était tout, il remplissait ma vie. Ce n'est pas drôle de constater que tu le considérais comme un épisode.

— Ce n'était pas un épisode. Mais enfin, tu me demandes d'abandonner ma femme, à qui je suis très attaché, et de briser ma carrière pour t'épouser : c'est beaucoup !

— Pas plus que ce que je suis prête à sacrifier pour toi.

— Les conditions sont différentes.

— La seule différence est que tu ne m'aimes pas.

— On peut être amoureux d'une femme sans désirer lui consacrer le reste de ses jours.

Elle s'abîma dans son désespoir. Des pleurs roulèrent sur ses joues.

— Oh ! quelle cruauté ! Comment peux-tu manquer de cœur à ce point !

Des hoquets la secouèrent. Inquiet, Charlie surveillait la porte.

— Chérie, maîtrise-toi !

— Tu ne sais pas combien je t'aime, gémit-elle. Je ne peux plus me passer de toi ! N'auras-tu pas pitié ?

Les larmes l'étouffaient. Elle n'essayait pas de les retenir.

— Je ne veux pas être méchant, et Dieu sait que je n'ai nulle envie de te faire du chagrin, mais je ne puis te dissimuler la réalité.

— Ma vie est brisée. Ne pouvais-tu pas me laisser en paix ? Quel mal t'ai-je fait ?

— Oh ! si cela te soulage de mettre tous les torts de mon côté, ne te gêne pas.

Une rage soudaine emporta Kitty :

— On croirait que je me suis jetée à ta tête, que je ne t'ai pas laissé de repos avant que tu ne cèdes à mes instances !

— Je ne dis pas cela. Mais je ne t'aurais jamais fait la cour si tu ne m'avais laissé clairement entendre que tu étais prête à l'accueillir.

Oh ! quelle honte ! Il disait vrai. A l'impatience de Charlie s'ajoutait à présent de l'humeur. Ses mains remuaient nerveusement. Il semblait excédé.

— Ton mari ne te pardonnera-t-il pas ? dit-il après un silence.

— Jamais je ne le lui ai demandé.

Il serra les poings. Elle vit qu'il réprimait une exclamation de lassitude.

— Pourquoi ne te remets-tu pas à sa merci ? S'il t'aime autant que tu le dis, il ne peut manquer de t'écouter.

— Comme tu le connais mal !

Elle tamponna ses yeux et tâcha de se ressaisir.

— Charlie, si tu m'abandonnes, je mourrai.

Cette fois, elle s'adressait à sa compassion. Voilà ce qu'il aurait fallu dès le début. Devant l'horrible sort qui la menaçait, la générosité de Charlie, son sens de la justice, son caractère chevaleresque se révolteraient si fort qu'il oublierait tout, hors le danger qu'elle courait. Oh ! combien passionnément elle désirait l'étreinte protectrice de ses bras !

— Walter veut que je parte pour Mei-tan-Fu.

— Mais c'est l'endroit où il y a le choléra ! Depuis cinquante ans, on n'a vu pareille épidémie. Ce n'est pas la place d'une femme. Tu ne peux pas songer à y aller.

— Si tu me lâches, j'y serai forcée.

— Que veux-tu dire ? Je ne comprends pas

— Walter prend la succession du missionnaire. médecin qui vient de mourir. Il exige que je l'accompagne.

— Quand ?

— Maintenant. Tout de suite.

Townsend recula sa chaise et regarda Kitty avec des yeux stupéfaits.

— Je suis peut-être idiot, mais ce que tu me dis ne me paraît avoir ni queue, ni tête. S'il t'emmène là-bas, que devient le divorce ?

— Il me laisse le choix : Mei-tan-Fu ou un procès.

— Ah ! bon ! (Le ton se modifia imperceptiblement.) Je trouve ça assez chic, et toi ?

— Chic ?

— Dame ! c'est presque du sport que d'en arriver là ! Jamais une telle idée ne me serait venue. S'il en revient, il recevra certainement la croix de Saint-Michel et de Saint-Georges.

— Mais moi, Charlie ! s'écria-t-elle, la voix altérée par l'angoisse.

— Ma foi, en l'occurrence, s'il tient à t'emmener, je ne vois pas comment tu pourrais refuser.

— C'est la mort ! La mort certaine !

— Oh ! que diable, n'exagérons rien ! S'il le croyait, il ne te le proposerait pas. Le péril n'est pas plus grand pour toi que pour lui. Par le fait, en prenant des précautions, on ne court pas grand risque. J'ai vécu ici, en temps de choléra, et je n'ai pas bronché. Le point important est d'éviter les crudités, les fruits, la salade, et de ne boire que de l'eau bouillie.

En parlant, la conviction lui venait, et son discours coulait d'abondance. Le visage soudain rasséréné, il retrouvait son aisance, il parlait sur un ton alerte, presque enjoué.

— Après tout, c'est son métier, hein ? Il s'intéresse aux microbes. Quand on y réfléchit, c'est plutôt une aubaine pour lui.

— Mais moi, Charlie ? implora-t-elle encore.

Son angoisse se muait en consternation.

— Écoute, pour bien comprendre un homme, il faut se placer à son point de vue. Tu as été une petite femme assez coupable qu'il veut mettre à l'abri de nouvelles chutes. Jamais je n'ai cru à son intention de divorcer, il ne me faisait pas l'effet d'un garçon taillé pour agir ainsi. Mais tu l'as rebuté en refusant ce qu'il considérait comme une offre très magnanime. A dire vrai, par égard pour nous tous, tu aurais vraiment pu répondre avec un peu plus de réflexion.

— Mais ne vois-tu pas que cela me tuera ? Ne sens-tu pas qu'il m'emmène là-bas parce qu'il *sait* que cela me tuera ?

— Oh ! ma chérie, ne prends pas ce ton-là. La situation est critique, et ce n'est pas le moment de faire des phrases.

— Tu ne peux pas m'envoyer à la mort certaine. Si tu n'as pour moi ni amour, ni pitié, n'éprouves-tu pas au moins un sentiment d'humanité ?

— Ce n'est pas très gentil d'interpréter ainsi mes pensées. Je ne prétends pas que Mei-tan-Fu soit une station climatérique, — ce n'est le cas d'aucune ville chinoise, — mais il n'y a pas lieu de t'affoler. Ce serait d'ailleurs la pire des choses. En temps d'épidémie, la peur tue plus de gens que l'infection.

— Mais j'ai peur ! En écoutant Walter, je me suis presque évanouie.

— Je conçois qu'au premier moment tu aies reçu un coup, mais, en y réfléchissant de sang-froid, tu te remettras. Tu vivras là des heures peu banales.

— Je croyais, je croyais...

Elle se débattait contre l'évidence. Lui se taisait, et son visage reprenait l'expression qu'autrefois elle ne lui connaissait pas. Elle ne pleurait plus. Calme, les yeux secs, elle prononça d'un ton voilé, mais ferme :

— Tu veux que j'y aille ?

— Dame ! c'est la carte forcée, me semble-t-il.

— Vraiment ?

— Si ton mari intentait un procès en divorce et le gagnait, je ne serais pas à même de t'épouser. La simple loyauté m'oblige à t'en prévenir.

Le silence de Kitty dut lui paraître une éternité. Lentement, elle se leva.

— Mon mari n'a, je crois, jamais compté intenter un procès.

— Alors, sacrebleu ! pourquoi m'as-tu fait une pareille peur ? s'exclama-t-il.

Elle le considéra avec froideur.

— Il savait que tu m'abandonnerais.

Elle se tut. Parfois, devant une page écrite dans une langue que vous ne connaissez pas, un mot ou une phrase vous mettent sur la voie; un brusque soupçon du sens exact vous traverse l'esprit. Ainsi peu à peu se précisait pour Kitty le plan de Walter, comme s'illumine à la clarté d'un éclair un sombre et sinistre paysage. Ce qu'elle comprit la fit frissonner.

— Il a proféré cette menace pour faire éclater ton infériorité, Charlie. Comment a-t-il pu te juger avec tant de sagacité ? C'est bien de lui, de m'avoir acculée à une si cruelle désillusion.

Le front soucieux, la bouche crispée, Charlie baissa les yeux sur son buvard. Mais il ne protesta pas.

— Il te savait vaniteux, lâche, égoïste. Il voulait m'ouvrir les yeux. Il savait qu'au premier danger tu détalerais comme un lièvre. Il savait à quel point je me trompais en croyant à ton amour, car tu es incapable d'aimer. Il savait que, pour sauver ta peau, tu me sacrifierais sans la moindre hésitation.

— Si ça te fait vraiment plaisir de m'accabler de rosseries, je ne crois pas avoir le droit de me plaindre. Les femmes sont toujours de mauvaise foi, et elles arrivent généralement à mettre un homme dans son tort. Mais l'autre partie aurait pourtant quelque chose à répliquer.

Elle ne tint pas compte de l'interruption.

— Et à présent, j'en sais autant que lui, poursuivit-elle. Tu es insensible et sans cœur, et ton égoïsme passe toute expression. Tu n'es que mensonge et fourberie. Tu ne mérites que mépris. Et ce qui est tragique, — la douleur contracta son visage, — ce qui est tragique, c'est que je t'aime, cependant, de tout mon être.

— Kitty !

Elle éclata d'un rire amer. Il avait prononcé son nom avec cet accent tendre et profond qui, naturel à ses lèvres, avait si peu de signification réelle.

— Imbécile ! lança-t-elle.

Il se redressa brusquement, rouge et offensé. Kitty le déconcertait. Elle lui jeta un coup d'œil moqueur.

— Tu commences à me haïr, n'est-ce pas ? dit-elle. Eh bien ! hais-moi. A présent, je m'en moque.

Elle enfilait ses gants.

— Que vas-tu faire ? demanda-t-il.

— Oh ! n'aie pas peur. Il ne t'arrivera rien. Tu ne cours aucun danger.

— De grâce, ne parle pas ainsi, Kitty, répondit-il. — Sa voix chaude vibrait d'anxiété. — Tu sais bien que tout ce qui te concerne me touche. Je vais être terriblement inquiet. Que vas-tu répondre à ton mari ?

— Je vais lui dire que je suis prête à l'accompagner à Mei-tan-Fu.

— Peut-être alors n'insistera-t-il plus ?

Il ne comprit pas pourquoi, à ces mots, elle le regarda si étrangement.

— Tu n'as vraiment pas peur ? lui demanda-t-il.

— Non. Tu m'as donné du courage. Je vivrai, comme tu le dis, des heures peu banales en pleine épidémie de choléra, et, si j'en meurs, eh bien ! j'en mourrai, voilà tout !

— J'ai tâché d'être aussi gentil pour toi que possible.

Elle le regarda encore, et les larmes montèrent à ses yeux. Son cœur débordait. Elle faillit céder à l'impulsion presque irrésistible de se jeter dans les bras de son amant et de fondre ses lèvres avec les siennes. A quoi bon ?

— Si tu veux la vérité, acheva-t-elle, en s'efforçant d'assurer sa voix, je pars, la mort dans l'âme, épouvantée. J'ignore ce que médite le cerveau énigmatique et compliqué de Walter, mais j'en tremble d'effroi. Peut-être ma mort sera-t-elle la libération.

Incapable de se dominer plus longtemps, elle se précipita vers la porte et disparut avant qu'il eût eu le temps de bouger. Townsend poussa un long soupir de délivrance. Il éprouvait un besoin intense de boire un whisky-soda.

XV

Quand elle rentra, Walter était à la maison. Elle eût aimé à se réfugier chez elle sans être vue, mais il donnait des ordres à l'un des boys dans le hall. Kitty était si abattue qu'elle se résigna à subir l'inévitable humiliation. Elle s'arrêta et fit face à son mari.

— Je partirai avec vous, dit-elle.

— Ah ! bon...

— Quand voulez-vous que je sois prête ?

— Demain soir.

Quel esprit de bravade la saisit ? L'indifférence de Walter agissait sur elle en coup de fouet. A sa propre surprise, elle demanda :

— Quelques robes d'été et un linceul me suffiront, je suppose ?

Elle remarqua que ce ton de légèreté le vexait.

— J'ai déjà dit à votre amah ce que vous devez emporter.

Kitty inclina la tête et monta à sa chambre.

XVI

Enfin ils atteignaient leur destination. Jour après jour, ils avaient suivi en chaises à porteurs une étroite chaussée perdue entre d'interminables rizières. Dès l'aurore, ils reprenaient leur voyage jusqu'au moment où la chaleur les forçait à s'abriter dans une auberge sur le bord de la route. Puis ils gagnaient la ville fixée pour l'étape. La chaise de Kitty ouvrait la marche. Celle de Walter suivait. Ensuite, s'égrenant en désordre, se succédaient les coolies qui portaient la literie et les provisions.

Kitty traversait le pays comme une somnambule. Au cours des longues heures où seule quelque remarque fortuite de l'un des porteurs ou une bribe de chanson grossière rompait le silence, son esprit torturé ressassait les détails de la scène pitoyable dans le bureau de Charlie.

La nuit, dans les hôtelleries, elle partageait avec son mari la plus belle chambre, et, consciente que sur son lit de camp il ne dormait pas, elle mordait son oreiller pour étouffer ses sanglots. Mais le jour, derrière les rideaux de sa chaise, elle ne luttait plus. Elle souffrait à crier. Jamais elle n'aurait cru qu'une pareille douleur se pût supporter et, avec désespoir, elle se demandait en quoi elle l'avait méritée.

Jusqu'à l'heure où, quittant le Si-Kiang[1], ils avaient pris des chaises pour s'enfoncer dans la campagne, Walter, sur le bateau, avait lu sans répit. Aux repas, cependant, il s'efforçait d'entretenir la conversation. Comme à une étrangère rencontrée en voyage, il parlait à Kitty de choses indifférentes, par politesse ou, pensait-elle, pour mieux accuser l'abîme qui les séparait.

Au début, croyant à une feinte, elle avait gardé un espoir : n'allait-il pas avec son petit rire sec lui signifier qu'elle pouvait s'en retourner ? Que se passait-il donc en lui ? Était-il admissible qu'après l'avoir tant aimée il souhaitât sa mort ? Maintenant qu'elle connaissait l'amour, mille preuves de l'adoration de son mari lui revenaient à l'esprit. Pour lui, selon le dicton français, elle

1. Si-Kiang, fleuve.

faisait vraiment la pluie et le beau temps. Il était impossible qu'il ne l'aimât plus. Se détache-t-on d'un être parce qu'il vous a torturé ? Elle ne lui avait certes pas infligé de souffrances comparables à celles que Charlie lui faisait endurer, et, cependant, au premier signe de son amant, elle abandonnerait tout pour voler dans ses bras. Charlie était insensible et sans cœur. Et pourtant, sacrifiée, dédaignée, elle l'aimait.

Son ascendant sur Walter avait été trop puissant pour disparaître à jamais. Il n'est de tourmente que l'amour ne défie. Mais, peu à peu, sa confiance diminuait. Et maintenant qu'ils voyageaient dans la campagne, lorsque, le soir, à l'auberge, assis sur une chaise dure, Walter lisait à la lueur d'une lanterne, elle demeurait dans l'ombre et elle l'observait à loisir, étendue sur la paillasse qui allait lui servir de lit. Ses traits réguliers et fermes lui donnaient une expression de gravité sévère. A peine pouvait-on imaginer qu'un sourire les pût adoucir. Il lisait, aussi impassible que si mille lieues les eussent séparés. Elle le voyait tourner les pages et ses yeux suivre les lignes d'un mouvement régulier. Il ne pensait pas à elle. Et quand, la table servie, il posait son livre et lui jetait un regard, la lumière concentrée sur son visage en renforçait, sans qu'il s'en doutât, la distante amertume. Elle frémissait alors, glacée jusqu'aux moelles, devant l'éclair de répulsion, — oui, de répulsion, — qu'elle lisait dans ses yeux. L'amour l'avait-il entièrement quitté ? En était-il arrivé à préparer la mort de sa femme ? C'eût été l'acte d'un fou. A l'idée que Walter pouvait avoir perdu la raison, un long frisson la secouait.

XVII

Soudain, ses porteurs commencèrent à parler. L'un d'eux se retourna. D'un geste qui voulait traduire des paroles qu'elle ne comprenait pas, il tâcha d'attirer son attention. Elle regarda dans la direction qu'il désignait, et, au sommet d'une colline, elle aperçut un arc élevé sans doute à la mémoire d'un lettré illustre ou d'une veuve vertueuse. Depuis qu'elle voyageait en chaise, elle avait rencontré souvent de ces monuments, mais aucun ne lui avait paru aussi imposant : sa silhouette fantastique se détachait sur le soleil couchant. Comme si un sens obscur s'en fût dégagé, un indéfinissable malaise étreignit Kitty. Était-ce une menace qu'elle discernait, ou une dérision ? Elle traversait un bosquet de bambous et, penchés sur la route, les arbres semblaient vouloir la retenir. Malgré le calme de l'air, en ce soir d'été, un frémissement agitait leurs délicates frondaisons. Caché dans les branches, quelque être mystérieux ne la guettait-il pas au passage ? Enfin, la caravane atteignit le pied de la colline et sortit des rizières. Les porteurs allongèrent le pas. De petits tertres verts se pressaient alentour, si rapprochés que le sol paraissait ondulé comme le sable après la marée. Aux abords de chaque ville populeuse, elle avait remarqué un terrain semblable. C'était le cimetière. Elle comprit pourquoi les Chinois lui avaient signalé le monument situé sur la hauteur : le voyage touchait à son terme.

Ils passèrent sous l'arc, et les porteurs s'arrêtèrent pour changer leurs bâtons d'épaule. L'un d'eux épongea son visage moite avec un chiffon sale. Bordée de maisons délabrées, la route descendait en lacets. Le jour baissait. En proie à la plus vive émotion, les coolies, d'un bond qui fit vaciller Kitty, se collèrent au mur. Elle vit bientôt ce qui les avait alarmés : quatre paysans silencieux, portant un cercueil neuf dont le bois blanc se détachait sur l'ombre du crépuscule, les frôlèrent d'un pas rapide. Le cœur de Kitty battit de terreur. Le cercueil passa, mais les porteurs de la chaise demeurèrent immobiles, comme si le courage leur manquait pour continuer, Un cri parti de l'arrière les décida. A présent, ils ne parlaient plus.

Ils marchèrent encore, puis, brusquement, ils obliquèrent sous un portail ouvert et déposèrent la chaise. Kitty était arrivée.

XVIII

Elle s'assit au salon du bungalow. Un à un, sous les ordres de Walter, les coolies venaient déposer leurs fardeaux dans la cour. Elle se sentait très fatiguée. Une voix inconnue la fit sursauter :

— Puis-je entrer ?

Elle changea de couleur. Dans sa prostration, la présence d'un étranger la contrariait. Seule, une lampe à abat-jour éclairait la longue pièce basse. Un homme émergea de l'obscurité et lui tendit la main.

— Permettez-moi de me présenter : Waddington, le commissaire des douanes.

— Ah ! oui. Je sais. On m'avait dit que vous étiez ici.

A travers la pénombre, elle entrevit un individu

maigre, chauve, pas plus grand qu'elle, au visage menu et rasé.

— J'habite au bas de la colline, mais, en arrivant par cette route, vous n'avez pas pu voir ma maison. Comme j'ai pensé que vous seriez trop fourbus pour venir chez moi, j'ai commandé le dîner ici, je me suis invité et me voici.

— J'en suis charmée.

— Vous ne trouverez pas la cuisine mauvaise. J'ai gardé à votre intention les boys de Watson.

— Watson, n'était-ce pas l'ancien missionnaire ?

— Oui. Un très gentil garçon. Si vous voulez, demain, je vous montrerai sa tombe.

— Vous êtes bien aimable, dit Kitty avec un sourire.

Walter entra. Waddington, qui s'était nommé à lui avant de voir Kitty, déclara :

— J'étais en train de dire à votre femme que je dînerais avec vous. Depuis la mort de Watson, je n'ai plus, à part les religieuses, personne à qui parler, et, en français, je ne suis pas brillant. D'ailleurs, avec elles, le nombre de sujets de conversation est limité.

— J'ai commandé des boissons, dit Walter.

Le boy apporta du whisky et du soda, et Kitty remarqua que Waddington se servait largement. Dès son entrée, sa façon de parler, ses rires étouffés lui avaient fait supposer que la tempérance n'était pas sa principale vertu.

— Voilà le bonheur ! dit-il.

Puis, se tournant vers Walter :

— Vous allez trouver votre besogne toute tracée. Ils meurent comme des mouches. Le juge de paix a perdu la boule et le colonel Yu, le commandant des troupes, a un mal du diable à empêcher le pillage. Si l'état d'esprit ne s'améliore pas bientôt, nous serons tous assassinés dans nos lits. J'ai engagé les sœurs à filer, mais, bien entendu, elles ont refusé. Elles soupirent toutes après le martyre, les sacrées filles !

Il parlait avec légèreté, et sa voix sonnait si moqueuse que l'on ne pouvait l'écouter sans sourire.

— Pourquoi n'êtes-vous pas parti ? demanda Walter.

— Dame ! J'ai perdu la moitié de mes employés, et les autres s'attendent à mourir, à chaque minute. Il faut bien que quelqu'un reste pour maintenir l'ordre.

— Avez-vous été vacciné ?

— Oui. Par Watson. Mais il en avait fait autant pour lui-même, et cela ne l'a pas avancé à grand'chose, pauvre bougre !

Il se tourna vers Kitty, son petit visage cocasse joyeusement plissé :

— Je ne crois pas beaucoup au danger si l'on prend des précautions. Faites bouillir votre eau et votre lait et évitez les crudités. Avez-vous apporté des disques de gramophone ?

— Non, je ne crois pas.

— Pas de veine. J'en ai par-dessus la tête des miens !

Le boy vint demander s'ils voulaient dîner.

— Vous n'allez pas vous habiller ? demanda Waddington. Mon boy est mort la semaine dernière, et son remplaçant est idiot. Alors, je ne me change plus le soir.

— Je vais ôter mon chapeau, dit Kitty.

Sa chambre, la pièce voisine, était à peine meublée. Agenouillée sur le plancher, la lampe auprès d'elle, une amah déballait les robes.

XIX

La salle à manger était petite et une immense table l'encombrait. Aux murs, des chromos représentant des scènes de la Bible et des versets décorés d'enluminures.

— Les missionnaires ont toujours de grandes tables, expliqua Waddington. Leur traitement augmente à chaque enfant. Aussi, quand ils se marient, choisissent-ils leur mobilier en prévision de nombreux petits convives.

Une grosse lampe à huile pendait au plafond, et Kitty put examiner Waddington à l'aise. Son crâne chauve n'était pas d'un jeune homme, mais elle s'aperçut qu'il devait être loin encore de la quarantaine. Sous un front en dôme, le visage menu apparaissait frais et sans rides ; Waddington était laid comme un singe, mais non sans charme. Avec son nez et sa bouche d'enfant, ses petits yeux bleus en vrille, sa physionomie amusait. Les sourcils étaient blonds et peu fournis. On eût dit d'un vieux gamin. Constamment, il se versait à boire et, peu à peu, son manque de sobriété s'affirmait. Mais, s'il se grisait, c'était de façon joviale, à la manière d'un satyre qui aurait dérobé une outre de vin à un berger endormi.

Il parla de ses amis d'Hong-Kong. Que devenaient-ils? L'an passé, il avait assisté aux courses : poneys et propriétaires d'écuries l'intéressaient.

— A propos, que devient Townsend ? demanda-t-il tout à coup. Va-t-il passer secrétaire colonial ?

Kitty rougit, mais son mari ne la regarda pas.

— Je n'en serais pas surpris, dit-il.

— C'est le genre de garçon qui arrive.

— Le connaissez-vous ? demanda Walter.

— Oui, assez bien. Nous sommes revenus, une fois, ensemble d'Angleterre.

Sur l'autre rive du fleuve résonnaient les gongs, le fracas des pétards. Là, tout près d'eux, gisait la grande ville pétrifiée par la terreur. Implacable et soudaine, la mort se hâtait à travers les rues tortueuses. Mais Waddington commença à parler de Londres et des théâtres. Il raconta les pièces qu'il avait vues lors de son dernier congé. A l'évocation de quelque comédien facétieux, il riait et il soupirait en détaillant la beauté d'une étoile d'opérette. Il tirait gloire du mariage d'un sien cousin avec une célèbre divette. A un déjeuner, elle lui avait donné sa photographie. Quand les Lane viendraient dîner à la douane, il la leur montrerait.

Le regard ironique et froid de Walter analysait son hôte. Sans y trouver le moindre agrément, il témoignait d'un intérêt poli pour des sujets dont sa femme le savait ignorant. Un sourire errait sur ses lèvres. Mais la crainte pesait sur Kitty. Dans la maison du missionnaire défunt, en face de l'effroyable ville, ils paraissaient séparés du reste du monde. Trois créatures isolées et étrangères l'une à l'autre.

Le dîner était terminé. Elle se leva de table.

— Permettez-moi de me retirer. Je vais me coucher.

— Je pars, répondit Waddington. Le docteur, lui aussi, doit avoir besoin de repos. Nous aurons à sortir de bonne heure, demain.

Kitty lui tendit la main. Il gardait un parfait équilibre, mais ses yeux brillaient plus que jamais.

— Je viendrai vous chercher, dit-il à Walter, pour vous présenter au juge et au colonel Yu. Ensuite, nous pourrons passer au couvent. Vous avez du pain sur la planche, je vous en préviens.

XX

Cette nuit-là, d'étranges songes torturèrent Kitty. Cahotée dans sa chaise par le pas allongé et inégal des porteurs, elle pénétrait dans de vastes et obscures cités où, autour d'elle, s'attroupait la foule avec des yeux curieux. Le long des rues étroites et tortueuses, aux boutiques en plein vent remplies de denrées exotiques, acheteurs et vendeurs s'immobilisaient à sa vue. Puis elle arrivait à l'arc dont la silhouette fantastique paraissait s'animer soudain d'une vie monstrueuse ; ses capricieux contours faisaient songer aux bras onduleux d'un dieu hindou et, lorsqu'elle passa dessous, elle entendit grincer l'écho d'un rire moqueur. Mais alors apparut Charlie Townsend. Il la prit dans ses bras et l'enleva de la chaise. Tout cela, dit-il, n'était qu'un malentendu ; jamais son intention n'avait été de la traiter comme il l'avait fait : il l'aimait, il ne pouvait vivre sans elle. Kitty sentait ses baisers sur ses lèvres, et, tout en sachant que les heures d'angoisse ne comptaient plus, elle sanglotait de joie en lui demandant pourquoi il s'était montré si cruel. Mais tout à coup éclata un cri rauque. Ils furent séparés et, entre eux, avec une hâte silencieuse, passèrent dans leurs guenilles bleues des coolies qui portaient un cercueil.

Elle s'éveilla en sursaut.

Le bungalow s'élevait à mi-hauteur d'une colline escarpée. Par la fenêtre, Kitty aperçut le fleuve étroit qui coulait à ses pieds et, en face, la ville. L'aube venait de naître. De l'eau montait l'ouate d'une brume blanchâtre qui estompait les jonques serrées l'une contre l'autre, comme des pois dans leur gousse. Il y en avait des centaines et des centaines. Sur elles planait l'énigme du silence et de cette lumière spectrale. La menace d'un sortilège paraissait suspendue sur leur foule ; on eût dit que ce n'était pas le sommeil, mais quelque chose d'étrange et de terrible, qui les maintenait si muettes et immobiles.

Le matin se leva. Sous la caresse du soleil, la brume s'argenta comme s'argente la neige aux reflets de l'astre mourant. Sur l'eau, la lumière précisait maintenant les contours des jonques et la forêt touffue de leurs mâts, mais au delà se dressait un mur éblouissant et opaque. Soudain, de ce nuage blanc, émergea, farouche et massif, un grand bastion. Il ne semblait pas révélé par le soleil vainqueur, mais créé par la puissance d'une baguette magique. Forteresse d'une race cruelle et barbare, il dominait la rivière. Mais le magicien bâtissait vite. Déjà un créneau coloré couronnait le bastion, et bientôt sortit du brouillard, esquisse immense relevée çà et là de la touche d'or du soleil, un enchevêtrement de toits jaunes et verts. En vain eût-on tenté de les dessiner : l'ordre — si ordre il y avait — en échappait. Mirage d'une fantaisie extravagante, mais d'une incomparable somptuosité. Ce n'était plus une forteresse ni un temple, mais le palais enchanté de quelque empereur-dieu où l'homme ne pénètre pas. Palais trop aérien, trop chimérique pour être l'œuvre des humains : véritable matérialisation d'un rêve.

Les larmes inondaient les joues de Kitty, et elle regardait, les mains jointes, haletante, les lèvres entr'ouvertes Jamais elle ne s'était senti le cœur plus léger, il lui semblait que son âme s'évadait de la matière et que seule son enveloppe charnelle demeurait sur la terre.

Elle découvrait la beauté.

XXI

Walter sortait de bonne heure ; il revenait déjeuner en hâte et repartait jusqu'au moment du dîner. Kitty se trouvait très seule. Pendant plusieurs jours, elle ne quitta pas le bungalow. Il faisait chaud. Étendue près de la fenêtre ouverte, elle s'efforçait de lire. La lumière crue de midi avait dépouillé le palais magique de son mystère et il n'en restait qu'un temple fastueux et délabré, dressé sur le rempart d'une ville. Mais, nimbé du souvenir de l'extase, il ne lui paraissait jamais quelconque. Souvent, à l'aurore, au crépuscule ou le soir, elle parvenait à ressaisir quelque chose de cette beauté. Ce qui lui était apparu comme un puissant bastion n'était qu'une muraille massive et sombre : sans cesse, ses yeux y revenaient. Derrière les créneaux, agonisait la ville sous la furieuse étreinte du fléau.

Walter parlait à peine. C'est tout juste si sa glaciale ironie daignait parfois répondre aux questions de Kitty, mais Waddington et l'amah se plaisaient à lui conter les scènes d'horreur de la rue. Chaque jour voyait une centaine de victimes, et rares étaient ceux qui, frappés par le mal, en réchappaient. On avait extrait les dieux des temples délaissés pour les exposer en public, mais, malgré les offrandes, malgré les sacrifices, ils n'arrêtaient pas le fléau. On ne parvenait plus à enterrer les morts. Dans certaines maisons, toute la famille avait été emportée, et il ne restait personne pour s'occuper des funérailles. Le commandant des troupes était un homme énergique, et seule son autorité sauvait la ville du pillage et de l'anarchie. Il obligeait ses soldats à enlever les cadavres abandonnés et, de sa propre main, il avait abattu un officier qui hésitait au seuil d'une maison contaminée.

Parfois, Kitty avait si peur qu'elle en défaillait. On avait beau lui répéter que les précautions réduisaient le risque, une terreur panique la terrassait. Dans son cerveau naissaient d'extravagants projets de fuite. Pour s'évader, — rien que pour s'évader, — elle était prête à partir sans bagages ni escorte et à suivre toute seule son chemin jusqu'à un abri sûr. Elle songeait à se confier à Waddington, à tout lui dire, à le supplier de l'aider à regagner Hong-Kong. Et si elle se jetait aux pieds de son mari en avouant qu'elle avait peur, si peur ? Malgré sa haine, serait-il assez inhumain pour ne pas avoir pitié d'elle ?

Mais à quoi bon ? Où se réfugierait-elle ? Pas chez sa mère. Mme Garstin lui ferait clairement comprendre qu'après l'avoir enfin mariée, elle entendait n'en plus être encombrée. D'ailleurs, Kitty n'éprouvait nulle envie de retourner chez ses parents. Elle eût voulu rejoindre Charlie, mais lui ne s'en souciait pas. Elle imaginait son expression de dépit devant une arrivée inopinée, l'exaspération qu'elle lirait au fond de ses yeux charmeurs. Il serait tout juste poli. Les mains de Kitty se crispaient. Elle eût tout fait pour l'humilier comme il l'avait humiliée. Parfois, dans sa frénésie, elle regrettait de n'avoir pas subi le divorce : sa ruine aurait entraîné celle de Charlie. Au souvenir des propos qu'il lui avait tenus, elle rougissait de honte.

XXII

Dès son premier tête-à-tête avec Waddington, Kitty ramena la conversation sur Charlie. Waddington avait parlé de lui le soir de leur arrivée. Elle le fit passer pour une simple relation de son mari.

— Sa tête ne m'est jamais revenue, dit-il. Je l'ai toujours trouvé assommant.

— Vous êtes difficile ! répliqua Kitty sur le ton enjoué qu'elle prenait si aisément. C'est, je crois, l'homme le plus aimé d'Hong-Kong.

— Je sais. C'est son seul atout. Il a l'art de la popularité. Son talent consiste à donner à chacun le sentiment d'être l'unique personne qu'il rencontre avec plaisir. Il est toujours prêt à rendre un service qui ne lui coûte rien, et, même s'il ne vous aide pas, vous partez convaincu qu'il a pourtant tenté l'impossible.

— Voilà, certes, un trait de séduction.

— A la longue, le charme — sans plus — finit par lasser, je vous en réponds !... Alors, ça fait du bien de frayer avec un garçon moins délicieux, mais plus franc. Je connais Townsend depuis des années. Une ou deux fois, je l'ai surpris sans son masque. Un simple fonctionnaire des douanes, vous pensez bien, ça ne compte pas, — et je sais qu'en réalité personne au monde ne l'intéresse que lui-même.

Confortablement étendue, Kitty le regardait en souriant. Elle tournait et retournait son alliance.

— Sans aucun doute, il arrivera. Il possède toutes les ficelles de la bureaucratie. Avant de mourir, j'en mets la main au feu, j'aurai à lui donner de l'Excellence et à me lever à son entrée.

— La plupart des gens trouvent qu'il mérite son avancement. En général, il passe pour très capable.

— Capable ? Quelle erreur ! Il est stupide. Il donne l'impression d'enlever son travail en se jouant : c'est complètement faux. Il peine comme un nègre.

— Mais d'où lui vient cette réputation d'intelligence ?

— Il y a par le monde beaucoup d'imbéciles tout disposés à trouver de l'esprit à l'homme haut placé qui ne fait pas d'embarras, leur tape sur l'épaule et se déclare prêt à tout pour les obliger. Et puis, il y a sa femme. Celle-là est habile ! La girouette de son robuste bon sens est toujours bien orientée. Tant que Townsend l'aura près de lui, il ne risque pas de gaffer, première condition pour réussir dans un service du gouvernement. L'intelligence n'y est pas recherchée. Les hommes intelligents ont des idées, et les idées amènent des complications. On veut de bons garçons prudents qui ne commettent pas de maladresses. Oh ! oui, Townsend parviendra sans encombre au sommet de l'échelle !

— Pourquoi le détestez-vous ?

— Je ne le déteste pas.

— Mais vous préférez sa femme ?

— Je suis très vieux jeu. J'admire les femmes bien élevées.

— C'est une femme du monde, soit... mais quel manque de chic !

— S'habille-t-elle si mal que ça ? Je n'en ai jamais été frappé.

— C'est, paraît-il, un ménage très uni, continua Kitty en observant Waddington à travers ses cils.

— Il lui est très attaché, je dois le reconnaître. C'est peut-être son seul bon sentiment.

— Vous êtes sévère !

— Il a ses petites aventures, mais elles ne sont pas sérieuses. Il est trop malin pour les laisser durer et s'attirer des ennuis. D'ailleurs, ce n'est pas un passionné. Il est surtout vaniteux. Il aime à se faire admirer. Maintenant il a quarante ans bien sonnés, il engraisse, il se laisse aller, mais, à son arrivée dans la colonie, il était très joli garçon. J'ai souvent entendu sa femme le plaisanter à propos de ses conquêtes.

— Elle ne prend pas ses flirts au tragique ?

— Oh ! non. Elle sait qu'ils ne vont pas loin. Elle dit qu'elle se lierait volontiers avec les pauvres petites créatures qui s'emballent pour Charlie, si elles n'étaient pas toujours si communes, et elle trouve peu flatteur pour elle que les admiratrices de son mari soient si quelconques.

XXIII

Après le départ de Waddington, elle réfléchit aux propos qu'il venait de tenir avec tant d'insouciance. Cette conversation ne lui avait pas été agréable. Elle s'était raidie pour dissimuler son émotion. Tout ce qu'il avait dit était exact : elle le constatait avec amertume. Charlie était bête et vaniteux, sensible à la flatterie. Elle se souvenait de la complaisance avec laquelle il lui rapportait certains traits destinés à le faire valoir. Il se targuait de finesse et de roublardise. Fallait-il être sotte pour avoir donné son cœur à un être pareil, à cause de ses beaux yeux et de sa tournure élégante ! Elle souhaitait de le mépriser, car, tant qu'elle ne ferait que le haïr, elle se savait bien près de l'aimer encore. L'attitude de Townsend aurait dû lui ouvrir les yeux. Walter l'avait toujours tenu en piètre estime. Oh ! pouvoir, au moins, le bannir de ses pensées ! Sans doute sa femme l'avait-elle taquiné à propos du visible engouement de Kitty. Dorothée se fût volontiers liée avec elle, si elle ne l'avait trouvée commune ! Kitty souriait. Quelle indignation éprouverait sa mère si elle apprenait l'effet produit par sa fille !

Mais, la nuit, Kitty rêva encore de lui. Elle sentait l'étreinte de ses bras et la chaleur passionnée de ses lèvres. Qu'importaient ses quarante ans, qu'importait qu'il eût engraissé ! A l'idée du dépit qu'il en éprouvait, elle riait avec une indulgente tendresse, prête à prendre part à sa tristesse et à le consoler. La puérile vanité de Charlie était pour elle une raison de l'aimer davantage. Elle s'éveilla dans les larmes.

XXIV

Waddington venait la voir chaque jour. Sôn travail terminé, il montait au bungalow. En d'autres circonstances, un an n'eût pas créé l'intimité qu'ils connurent en quelques jours. Kitty confia au petit homme que, sans lui, la vie à Mei-tan-Fu lui paraîtrait intenable.

— Voyez-vous ! répondit-il en riant, nous sommes ici les seuls à marcher tout bonnement sur cette terre. Les religieuses sont au ciel et votre mari dans les ténèbres.

Elle rit sans trop comprendre. Les joyeux petits yeux bleus la scrutaient avec une attention sympathique, mais déconcertante. Waddington était malin : les relations entre elle et son mari paraissaient exciter son indiscrète curiosité. Elle s'amusait à le dérouter. Il lui plaisait et elle devinait en lui un allié. Sans être brillant ni spirituel, il mettait chaque chose à nu avec un mordant qui la divertissait, et, sous son crâne chauve, sa physionomie d'enfant terrible ajoutait au comique de ses remarques. Il vivait depuis des années dans des villes indigènes, souvent sans aucun blanc à qui parler, et sa personnalité, qui n'avait jamais connu d'entrave, touchait à l'excentricité. D'une pittoresque franchise, il était farci de marottes et de singularités. Il considérait la vie comme un spectacle baroque. Mais, s'il ne ménageait pas les cinglantes critiques à la colonie d'Hong-Kong, il tournait aussi volontiers en ridicule les fonctionnaires chinois de Mei-tan-Fu et le choléra qui décimait la cité. Pathétique ou chevaleresque, tout trait, dans sa bouche, paraissait burlesque. Dans ces vingt dernières années, il avait eu en Chine de nombreuses aventures et, après avoir entendu ses récits, il devenait impossible de prendre la vie au sérieux.

Bien qu'il se défendît de posséder à fond le chinois, — il se moquait des sinologues, — il le parlait avec aisance. Il lisait peu et il s'était surtout cultivé par la conversation. Souvent il entretenait Kitty de romans chinois ou de l'histoire de Chine, et, malgré son éternel badinage, il laissait poindre dans ses narrations de l'intérêt et même de la sensibilité. Inconsciemment peut-être, il semblait avoir adopté le point de vue des Chinois sur la barbarie des Européens et la vanité de leur existence. Il n'est de véritable sagesse et de philosophie que dans la conception chinoise de la vie. C'était pour Kitty un objet de méditation. Elle avait toujours entendu parler de la déchéance, de la saleté de ces jaunes et de leur nature impénétrable. Un coin de voile se soulevait. Elle entrevoyait un monde d'une profondeur et d'une richesse qu'elle n'avait pas soupçonnées. Sans cesser de boire, Waddington bavardait et plaisantait.

— Ne buvez pas trop ! lui lança Kitty.

— C'est mon plus grand plaisir, riposta-t-il. D'ailleurs, ça préserve du choléra !

En général, il partait gris, mais il tenait bien l'alcool. Sa gaîté n'offrait rien de choquant.

Un soir que Walter, revenu plus tôt que de coutume, l'avait retenu à dîner, un curieux incident se produisit. Après le poisson, le boy offrit à Kitty, avec la volaille, de la salade fraîche.

— Grand Dieu ! ne touchez pas à ça, s'écria Waddington.

— Nous en mangeons tous les soirs.

— Ma femme aime la salade, dit Walter.

Du geste, Waddington refusa le plat qu'on lui présentait.

— Merci. Je ne songe pas encore au suicide.

Walter eut un sourire farouche et se servit à son tour. Waddington se tut. Son humeur s'assombrit et, en sortant de table, il les quitta,

En effet, ils mangeaient de la salade tous les soirs. Avec l'insouciance chinoise, deux jours après leur arrivée, le cuisinier en avait préparé, et Kitty, sans réfléchir, l'avait acceptée. Walter s'était interposé.

— Laissez cela. C'est une vraie folie de la part du chef.

— Et pourquoi n'en prendrais-je pas ? demanda Kitty, en le regardant droit dans les yeux.

— C'est toujours dangereux. En ce moment, c'est de la démence. Vous vous tueriez.

— Eh bien ! n'est-ce pas tout indiqué ? dit Kitty.

Impassible, elle commença à manger. Un esprit de bravade l'avait saisie. Sous son regard ironique, Walter pâlit, mais, quand on lui passa la salade, il en prit aussi. Comme ses maîtres ne la refusaient pas, le cuisinier en fit chaque jour et, chaque jour, bravade stupide, ils en mangèrent. Malgré sa terreur, Kitty cédait au désir d'exercer sur Walter une sorte de perverse vengeance et de porter un défi à son propre désespoir et à ses transes.

XXV

Le lendemain après-midi, Waddington vint proposer à Kitty de faire un tour dans la campagne. Elle accepta avec plaisir. Depuis son arrivée, elle n'avait pas quitté le bungalow.

— Les buts de promenade sont malheureusement peu nombreux, dit-il. Si nous montions au sommet de la colline ?

— Oh ! volontiers. A l'arc. Je l'ai souvent regardé de ma terrasse.

Un des boys ouvrit le lourd portail et ils sortirent dans la ruelle poudreuse. Mais, au bout de quelques pas, Kitty, avec un cri d'effroi, se cramponna au bras de Waddington.

— Regardez !

— Qu'y a-t-il ?

Au pied du mur de la propriété, un homme

gisait sur le dos, les jambes étendues, les bras ramenés contre le visage. Il portait des guenilles bleues et la tresse en balai des mendiants chinois.

— On jurerait qu'il est mort, balbutia Kitty.

— Il l'est. Venez. Détournez vos yeux. Je le ferai emporter à notre retour.

Mais Kitty tremblait si fort qu'elle ne pouvait bouger.

— Je n'avais jamais vu de mort.

— Alors, dépêchez-vous de vous y faire, car vous en verrez quelques-uns avant d'en avoir fini avec ce doux pays.

Il prit sa main et la passa sous son bras. Ils repartirent en silence.

— Est-ce le choléra ? dit-elle enfin.

— Je suppose.

Ils gravirent la colline jusqu'au monument. Fantastique et provocante, sa masse sculptée se dressait comme un signal. Face à la plaine immense, ils s'assirent sur le piédestal. Pêle-mêle, les tertres verts des sépultures jonchaient la colline et sous la terre se devinait la bousculade des morts. La route étroite serpentait entre les rizières. Un jeune garçon placide, monté sur le cou d'un buffle, le ramenait à la maison et, coiffés de larges chapeaux de paille, trois paysans, à la démarche ballante, se courbaient en peinant sous de lourdes charges. Après la chaleur, il était agréable de respirer la faible brise du soir, et le vaste horizon apportait au cœur oppressé une sensation de mélancolique quiétude. Mais Kitty n'arrivait pas à détacher ses pensées du mort.

— Comment pouvez-vous parler, rire, boire, quand autour de vous les gens agonisent ? interrogea-t-elle.

Waddington ne répondit pas. Il se retourna et la regarda ; puis, lui posant la main sur le bras :

— Vous savez, ce n'est pas ici la place d'une femme, dit-il, avec une soudaine gravité. Pourquoi ne partez-vous pas ?

Les longs cils de Kitty se relevèrent et un sourire effleura ses lèvres.

— En pareil cas, la place d'une femme me paraît être aux côtés de son mari.

— Quand on m'a télégraphié que vous arriviez avec Lane, cela m'a surpris. Mais l'idée m'est venue que vous étiez peut-être infirmière : alors, votre présence s'expliquait. Je m'attendais à l'une de ces féroces viragos qui, à l'hôpital, imposent aux malades une vie de chien. Quand, en entrant au bungalow, je vous ai vue sur votre chaise longue, j'ai été abasourdi. Vous paraissiez très frêle, pâle et fatiguée.

— Vous n'espériez cependant pas me trouver à mon avantage, après neuf jours de route ?

— Vous paraissiez frêle, pâle, fatiguée et, permettez-moi de vous le dire, malheureuse à l'extrême.

Kitty ne put s'empêcher de rougir. Mais elle sut laisser fuser un éclat de rire avec assez de naturel.

— Je regrette que mon expression vous déplaise. Dès l'âge de douze ans, j'ai compris que mon nez était un peu long, voilà tout le secret de ma mélancolie. Mais rien n'attire davantage qu'une peine mystérieuse : vous n'imaginez pas combien de charmants jeunes gens se sont offerts pour me consoler.

Les yeux clairs de Waddington cachaient mal son incrédulité. Mais peu importait à Kitty, puisqu'il faisait semblant de la croire.

— Je vous savais mariés depuis peu, et j'en conclus que vous étiez, vous et votre mari, amoureux fous. Il me paraissait invraisemblable qu'il eût tenu à vous emmener, mais peut-être aviez-vous refusé de le quitter.

— Voilà une explication très plausible.

— Oui, mais ce n'est pas la bonne.

Inquiète de ce qui allait suivre, elle attendit qu'il poursuivît. Elle connaissait ses dons de pénétration et n'ignorait pas sa brutale franchise, mais le moyen de résister à la tentation d'entendre parler de soi ?

— Pas un instant, je ne vous croirai amoureuse de votre mari. Il vous inspire de l'aversion. Même je ne serais pas surpris si vous le haïssiez. Ce dont je suis sûr, c'est que vous avez peur de lui.

Kitty détourna la tête. Elle ne tenait pas à laisser voir à Waddington que ses paroles lui étaient désagréables.

— Ce n'est pas la sympathie pour mon mari qui vous étouffe, remarqua-t-elle sèchement.

— Je le respecte. Il a de l'intelligence et du caractère ; ensemble assez rare, je ne vous le cache pas. Vous doutez-vous seulement de ce qu'il accomplit ici ? Avec vous, il ne doit pas être porté aux confidences. Mais, si quelqu'un peut mettre un terme à cette effroyable épidémie, c'est bien lui. Il soigne les malades, il assainit la cité, il tâche de purifier l'eau. Il risque sa vie vingt fois par jour. Le colonel Yu ne jure que par lui, et il a mis les troupes à sa disposition. Lane a même réussi à secouer le juge de paix, et ce pauvre vieux s'efforce vraiment d'agir. Au couvent, les religieuses en sont toquées. Elles le considèrent comme un héros.

— Et vous ?

— Après tout, ce n'est pas son métier, hein ? Il est bactériologue. Rien ne l'obligeait à venir. Il ne me paraît pas ému de compassion pour tous ces Chinois. Watson était différent. Il aimait l'espèce humaine. Bien que missionnaire, peu lui importait qu'il s'agît de chrétiens, de bouddhistes ou de disciples de Confucius, il ne voyait en eux que des hommes. Cent mille Chinois pourraient bien périr de choléra que votre mari s'en soucierait comme d'une guigne. Il n'est pas non plus ici pour l'amour de la science. Alors, pourquoi?

— Demandez-le-lui.

— Cela m'intéresse de vous voir ensemble. Quelle peut être votre attitude dans le tête-à-tête ? Devant moi, vous jouez la comédie, et, sacrebleu ! joliment mal. Si c'est là tout votre talent, vous ne gagneriez même pas trente francs par semaine dans la dernière des troupes ambulantes.

— Je ne comprends pas, dit Kitty, en continuant d'affecter une légèreté qui, elle le savait, ne trompait pas.

— Vous êtes très jolie. Pourquoi votre mari ne vous regarde-t-il jamais ? Quand il vous parle, sa voix sonne faux.

Kitty jeta brusquement son masque d'indifférence.

— Croyez-vous qu'il ne m'aime pas ? demanda-t-elle, la voix étranglée.

— Je n'en sais rien. Lui inspirez-vous tant de répulsion que votre voisinage lui donne la chair de poule, ou brûle-t-il pour vous d'un amour qu'un secret l'oblige à taire ? Je me demande parfois si vous n'êtes pas ici tous les deux pour vous suicider !

Kitty avait remarqué le sursaut de Waddington lors de l'incident de la salade.

— Vous attachez, je crois, trop d'importance à quelques feuilles de laitue, conclut-elle d'un air dégagé. — Elle se leva. — Si nous rentrions ? Je suis sûre que vous accepterez volontiers un whisky-soda.

— En tout cas, vous n'êtes pas une héroïne, Vous mourez de peur. Tenez-vous vraiment à ne pas partir ?

— Que vous importe ?

— Je vous aiderais.

— Allez-vous aussi vous laisser prendre à mon air mélancolique ? Je vous le répète, je ne me console pas de mon nez.

Pensif, il darda sur elle son regard perçant qu'une expression de singulière bonté adoucissait, comme l'ombre estompe le reflet d'un arbre dans l'eau. Des larmes montèrent aux yeux de Kitty.

— Êtes-vous forcée de rester ?

— Oui.

Ils passèrent sous l'arc flamboyant et descendirent la colline. Près du bungalow, ils retrouvèrent le corps du mendiant. Waddington voulut écarter Kitty, mais elle se dégagea et demeura immobile.

— C'est affreux, n'est-ce pas ?

— Quoi ? La mort ?

— Oui. A côté d'elle, tout paraît si peu de chose ! Ce mort n'a plus l'air humain. A peine peut-on imaginer qu'il ait jamais vécu. N'est-il pas triste de penser qu'il y a si peu d'années ce cadavre a pu être un petit garçon qui dévalait la colline avec son cerf-volant ?

Elle ne put réprimer le sanglot qui la suffoquait.

XXVI

Quelques jours plus tard, assis près de Kitty, un grand verre de whisky-soda à la main, Waddington lui décrivait le couvent :

— La Supérieure est une femme remarquable. Les religieuses m'ont confié qu'elle appartenait à l'une des premières familles de France, mais sans révéler son nom. La Supérieure, paraît-il, ne veut pas qu'on le sache.

— Pourquoi ne le lui demandez-vous pas, si cela vous intéresse ? dit Kitty avec ironie.

— Si vous la connaissiez, vous sauriez qu'il est impossible de lui poser une question indiscrète.

— Faut-il qu'elle soit remarquable pour vous inspirer un tel respect !

— J'ai une commission pour vous. Elle vous fait dire que, si vous ne craignez pas de vous aventurer en plein foyer de l'épidémie, elle sera très heureuse de vous faire les honneurs du couvent.

— C'est fort aimable à elle. Je ne me doutais pas qu'elle connût mon existence.

— Je lui ai parlé de vous. En ce moment, j'y passe deux ou trois fois par semaine pour voir si je puis me rendre utile ; d'ailleurs, votre mari a dû dire que vous étiez là. Attendez-vous à trouver les religieuses à ses pieds.

— Êtes-vous catholique ?

Les yeux de Waddington clignèrent, et l'hilarité plissa son visage cocasse.

— Pourquoi me faites-vous des grimaces ? demanda Kitty.

— « Quelque chose de bon peut-il sortir de Galilée ? » Non, je ne suis pas catholique. Je me classe parmi les membres de l'église anglicane. Autant dire, vous savez, que la foi ne m'étouffe pas... A son arrivée, il y a dix ans, la Supérieure avait amené sept religieuses. Il en reste trois. Même aux périodes les plus favorables, vous le voyez, Mei-tan-Fu n'a rien d'une station climatérique. Les sœurs habitent au centre de la ville, dans le quartier le plus pauvre. Elles travaillent dur et n'ont jamais de congé.

— Mais ne sont-elles plus que trois auprès de la mère Supérieure ?

— Oh ! non. Les vides ont été comblés. A présent, il y en a six. A la mort de l'une des sœurs, au début de l'épidémie, on en a fait venir deux de Canton.

Kitty grelotta.

— Avez-vous froid ?

— Non, j'ai la chair de poule.

— Quand elles quittent la France, c'est pour toujours. Les missionnaires protestants, eux, peuvent de temps en temps souffler pendant toute une année. Elles pratiquent, à mon avis, la plus pénible des abnégations. Nous autres Anglais, nous ne connaissons guère l'attachement au sol natal, mais l'amour des Français pour leur pays est presque un lien physique. A l'étranger, ils ne se sentent jamais à l'aise. N'est-ce pas touchant que ces femmes fassent précisément ce sacrifice ? Si j'étais catholique, cela me paraîtrait sans doute tout naturel.

Kitty le regarda avec une froideur étonnée. Était-il sincère dans cette émotion qu'elle ne comprenait pas et à laquelle de trop nombreux whiskys n'étaient peut-être pas étrangers ?

Il saisit sa pensée au vol.

— Venez vous rendre compte par vous-même, ricana-t-il. C'est loin d'être aussi périlleux que de manger une tomate.

— Si vous n'êtes pas effrayé, pourquoi donc le serais-je ?

— Cela vous amusera. Vous voyagerez un peu en France.

XXVII

Ils traversèrent la rivière en sampan. Une chaise attendait Kitty au débarcadère pour la conduire jusqu'à l'écluse de la colline. C'était le chemin par lequel les coolies descendaient chercher de l'eau à la rivière. Ils se hâtaient, et les énormes baquets pendus à leur épaule éclaboussaient la chaussée, mouillée comme après une forte pluie. Pour les écarter, les porteurs de Kitty poussaient des cris brefs et perçants.

— Le trafic est interrompu, expliqua Waddington, qui trottinait à côté de la chaise. En temps normal, on doit frayer son chemin de force parmi la foule des coolies qui transportent des charges jusqu'aux jonques ou qui en reviennent.

Dans les dédales de la rue, Kitty perdit tout sens de la direction. Beaucoup de boutiques demeuraient fermées. Le voyage l'avait habituée à la malpropreté chinoise, mais ici s'amoncelaient depuis des semaines les ordures et les déchets. La puanteur était si infecte que la jeune femme dut se boucher le nez avec son mouchoir. Dans les autres villes, la curiosité de la populace l'avait agacée, mais, cette fois, elle remarqua à peine quelques coups d'œil indifférents. Au milieu de l'accablement général, les rares promeneurs semblaient absorbés par leur propre sort. Parfois, en passant devant une maison, on entendait le battement des gongs et la lamentation aigre et prolongée d'instruments inconnus. Derrière ces portes closes gisait un mort.

— C'est ici, annonça enfin Waddington.

Un modeste portail surmonté d'une croix trouait un long mur blanc. Les porteurs déposèrent la chaise, et Kitty descendit. Waddington sonna.

— Surtout ne vous attendez à rien d'extraordinaire. Elles sont dans la misère.

Une jeune Chinoise leur ouvrit et, après avoir échangé quelques mots avec Waddington, elle les introduisit dans une petite pièce qui donnait sur un corridor. Une grande table couverte d'une toile cirée à carreaux et une rangée de chaises adossées au mur constituaient tout le mobilier. Dans un coin se dressait une sainte Vierge en plâtre. Bientôt, une religieuse entra, petite et rondelette, avec un visage franc, aux joues rouges et aux yeux gais. Waddington présenta Kitty et nomma la sœur Saint-Joseph.

— C'est la dame du docteur ? s'exclama celle-ci, radieuse. Puis elle ajouta que la Supérieure ne tarderait pas à les rejoindre.

Sœur Saint-Joseph ne parlait pas anglais, et le français de Kitty n'était pas brillant, mais le fantaisiste Waddington entassait un monde d'explications facétieuses qui faisaient rire aux larmes la brave sœur. Sa gaîté facile surprit Kitty. Elle s'était imaginé les religieuses toujours compassées, et cet enjouement puéril et affable la touchait.

XXVIII

La porte tourna sur ses gonds si doucement qu'elle parut s'ouvrir par quelque intervention mystérieuse, et la Supérieure entra. Elle s'arrêta un instant sur le seuil, et un sourire grave passa sur ses lèvres à la vue de la sœur rieuse et de la face de clown de Waddington. Puis elle s'avança et tendit la main à Kitty.

— Madame Lane ? — elle s'exprimait en anglais avec beaucoup d'accent, mais sans fautes. — C'est pour moi, dit-elle en s'inclinant légèrement, un grand plaisir de connaître la femme de notre dévoué et courageux docteur.

Kitty sentit peser sur elle l'examen soutenu d'un regard si franc que l'insistance n'en choquait pas. On y lisait l'habitude de juger les gens en même temps que l'incapacité de dissimuler.

Avec une amabilité pleine de dignité, elle pria ses hôtes de s'asseoir et prit elle-même une chaise. Toujours souriante, mais silencieuse, la sœur Saint-Joseph se tenait debout à côté d'elle, un peu en retrait.

— Vous autres Anglais, dit la Supérieure, vous aimez le thé, je le sais. Je m'excuse de vous l'offrir à la mode chinoise. M. Waddington préférerait du whisky, mais, à mon grand regret, il m'est impossible de lui en faire servir.

Elle sourit, et un éclair de malice pétilla dans ses yeux graves.

— Oh ! voyons, ma mère ! A vous entendre, on me prendrait pour un ivrogne invétéré !

— Puissiez-vous dire que vous ne buvez jamais, monsieur Waddington !...

— En tout cas, je ne bois jamais qu'à l'excès.

La Supérieure se mit à rire et traduisit pour la sœur Saint-Joseph la cavalière réplique. Son regard bienveillant s'attarda sur Waddington.

— Nous avons de l'indulgence pour M. Waddington. Deux ou trois fois, il est venu à notre secours, alors qu'à bout de ressources nous ne savions plus comment nourrir nos orphelines.

La sœur converse qui avait ouvert le portail entra avec un plateau chargé de tasses chinoises, d'une théière et d'une petite assiette de madeleines.

— Il faut que vous mangiez ces madeleines, dit la Supérieure. Sœur Saint-Joseph les a faites elle-même à votre intention ce matin.

Ils parlèrent de choses insignifiantes. La Supérieure demanda à Kitty depuis combien de temps elle était en Chine et si le voyage ne l'avait pas trop fatiguée. N'était-elle pas déprimée par le climat ? Connaissait-elle la France ? L'ambiance prêtait à cette conversation banale, mais cordiale, un singulier piquant. Dans le calme du parloir, on avait peine à se croire au centre d'une cité populeuse. C'était le temple de la paix. Cependant, l'épidémie sévissait alentour, et seule la ferme volonté d'un soldat d'aventure contenait la panique du peuple affolé. Derrière les murs du couvent, l'infirmerie regorgeait de soldats malades ou agonisants ; un quart des orphelines recueillies par les religieuses étaient mortes.

Intimidée, Kitty observait la dame imposante qui la questionnait avec un intérêt poli. Seule la flamme du cœur sanglant mettait sur le costume une note de couleur. La Supérieure pouvait avoir de quarante à cinquante ans. Sur son masque uni et pâle, les ans avaient glissé sans laisser de traces, mais, à la dignité de son attitude, à son autorité, à l'émaciation de ses belles et robustes mains, on devinait qu'elle n'était plus jeune. Dans l'ovale allongé du visage, la bouche était grande, avec des dents larges, régulières, le nez prononcé, mais fin et délicat. C'étaient les yeux grands et sombres sous la ligne noire des sourcils qui donnaient à cette physionomie son intense et tragique caractère. Le regard singulièrement impérieux alliait le calme à la fermeté. Au premier abord, on pensait qu'elle avait dû être une très belle jeune fille, mais bientôt on comprenait que sa beauté, reflet de sa personnalité, s'était sans doute accentuée avec les années. En français comme en anglais, elle s'exprimait toujours lentement, de sa voix basse et contenue. Ce qui frappait surtout en elle, c'était un air de commandement. Il lui était naturel de se faire obéir, mais elle acceptait la discipline avec humilité. Jamais elle ne doutait de l'autorité de l'Église qui la soutenait... Sous cet esprit austère, Kitty pressentait une douce indulgence pour les faiblesses humaines. L'expression de la Supérieure aux sottises que proférait l'impudent Waddington prouvait clairement un sens aigu du ridicule.

Mais il y avait en elle autre chose encore dont Kitty avait l'intuition et qu'elle ne parvenait pas à définir. Quelque chose qui tenait la jeune femme à distance, gauche comme une pensionnaire malgré ces manières exquises et cette bienveillance.

XXIX

— Monsieur ne mange rien, remarqua sœur Saint-Joseph.

— Le palais de Monsieur est perdu par la cuisine mandchoue, répondit la Supérieure.

Une expression de commande effaça le sourire de sœur Saint-Joseph. L'air goguenard, Waddington prit un autre gâteau. Kitty ne comprit pas l'incident.

— Pour vous prouver votre injustice, ma mère, je vais compromettre l'excellent dîner qui m'attend.

— Si madame Lane désirait visiter le couvent, je serais très heureuse de le lui montrer.

La Supérieure se tourna vers Kitty avec un sourire d'excuse.

— Il n'est guère à son avantage, en ce moment.

Tout est en désordre. Nos sœurs sont sur les dents. Le colonel Yu a insisté pour que nous mettions notre infirmerie à la disposition des soldats malades, et nous avons dû transformer le réfectoire en infirmerie pour nos orphelines.

Elle s'arrêta à la porte pour laisser passer Kitty, et ensemble, suivies de la sœur Saint-Joseph et de Waddington, elles s'engagèrent dans la blanche perspective de longs et frais corridors. D'abord, ils pénétrèrent dans une vaste pièce nue où des jeunes filles travaillaient à des broderies minutieuses. A l'entrée des visiteurs, elles se levèrent, et la Supérieure montra à Kitty des spécimens de leur ouvrage.

— Nous continuons malgré l'épidémie pour les empêcher de penser au danger.

Ils passèrent à une autre chambre, où des petites filles apprenaient la couture, ourlets et points de piqûre ; puis à une troisième où des enfants en bas âge jouaient sous la surveillance d'une sœur converse chinoise. Mais, dès que parut la Supérieure, la joyeuse partie s'interrompit. Par grappes de deux ou trois, les petites filles aux yeux bridés et aux nattes noires s'élancèrent pour l'entourer. Elles lui saisirent les mains et se cachèrent dans l'ampleur de ses jupes. Le visage de la Supérieure s'illumina et, aux mots puérils qu'elle prononça, Kitty, malgré son ignorance du chinois, trouva une douceur de caresse.

A la vue de cette vermine en uniforme, de ces

avortons à la peau jaunâtre, au nez camus, Kitty eut un mouvement de dégoût. Mais la Supérieure se tenait au milieu d'elles comme la Charité personnifiée. Quand elle voulut partir, les petites se cramponnèrent à sa robe, et elle dut user d'une tendre violence pour se délivrer. Aux yeux de ces enfants, tout au moins, cette grande dame n'offrait rien de redoutable.

— Vous le savez, sans doute, dit-elle, comme ils suivaient un autre corridor, elles ne sont orphelines que par l'abandon de leurs parents. Nous donnons quelques sous pour chaque bébé que l'on nous apporte, sinon les parents ne prendraient même pas cette peine et les supprimeraient.

Elle se tourna vers la sœur.

— En est-il arrivé aujourd'hui ?

— Quatre.

— En ce temps de choléra, ils tiennent plus que jamais à ne pas s'encombrer de filles superflues.

Elle montra les dortoirs à Kitty, puis ils passèrent devant une porte sur laquelle était peint le mot : *Infirmerie.* Kitty entendit des gémissements, des cris suraigus et des râles à peine humains.

— Nous n'entrerons pas à l'infirmerie, dit la Supérieure de son ton placide. Ce n'est pas un spectacle pour vous. — Une pensée lui vint. — Je me demande si le docteur Lane est là ?

Elle regarda la sœur qui, avec son éternel sourire, se glissa dans l'infirmerie. Kitty recula. Par la porte entre-bâillée, le tumulte arrivait plus horrible encore. Sœur Saint-Joseph reparut.

— Non, il a déjà passé et il ne reviendra que plus tard.

— Comment va le nº 6 ?

— Pauvre garçon ! il est mort !

La Supérieure se signa, et ses lèvres remuèrent en une courte et silencieuse prière.

Ils traversèrent une cour, et les yeux de Kitty tombèrent sur deux formes allongées, étendues côte à côte sur le sol. Un pan de cotonnade bleue les recouvrait. La Supérieure se tourna vers Waddington.

— Nous sommes si à court de lits que nous devons mettre les patients deux par deux. Dès qu'un malade meurt, il est remplacé.

Elle sourit à Kitty.

— A présent, allons voir la chapelle. C'est notre gloire. Une de nos amies françaises vient de nous envoyer une statue grandeur naturelle de la Sainte Vierge.

XXX

La chapelle n'était qu'une longue pièce basse aux murs crépis à la chaux avec des rangées de bancs en sapin. Au-dessus de l'autel se dressait la statue. Le plâtre enluminé brillait d'un éclat criard. Derrière, un tableau à l'huile représentait les deux Marie au pied de la croix dans d'extravagantes attitudes de désespoir. Le dessin était mauvais et les teintes sombres devaient avoir été choisies par un peintre dénué du sens de la couleur. Autour des murs, les stations du Chemin de Croix révélaient la même main maladroite. L'ensemble était affreux.

Les deux religieuses s'agenouillèrent pour prier, puis la Supérieure se retourna vers Kitty.

— Tout ce qui peut se briser se brise pendant le voyage, mais la statue envoyée par notre bienfaitrice est venue de Paris sans la moindre éraflure. C'est un miracle incontestable.

Les yeux sceptiques de Waddington flambèrent, mais il se contint.

— Le tableau de l'autel et le Chemin de Croix sont l'œuvre d'une de nos religieuses, sœur Saint-Anselme. Une véritable artiste. — Elle se signa. — Hélas ! le choléra l'a emportée. Ne trouvez-vous pas ces toiles magnifiques ?

Kitty bégaya un acquiescement. Sur l'autel, entre les chandeliers prétentieux, s'épanouissaient des gerbes de fleurs en papier.

— Nous avons le privilège de conserver ici le Saint-Sacrement.

— Ah ? dit Kitty sans comprendre.

— Cela nous a été d'un grand réconfort pendant cette période de terribles épreuves.

Ils sortirent de la chapelle et revinrent sur leurs pas jusqu'au parloir.

— Aimeriez-vous à voir, avant de partir, les bébés arrivés ce matin ?

— Très volontiers, fit Kitty.

La Supérieure les conduisit dans une petite pièce de l'autre côté du corridor. Un singulier frétillement agitait un drap jeté sur la table. La sœur le retira et découvrit quatre petites filles nues, toutes rouges, qui gigotaient éperdument. Avec leurs cocasses petites faces chinoises, contractées en de vieillottes grimaces, c'est à peine si elles semblaient appartenir à l'espèce humaine : spécimens incertains d'animaux inconnus. Et, cependant, ce spectacle offrait quelque chose d'émouvant. La Supérieure les regarda, l'air amusé.

— Elles paraissent pleines de vie. Parfois, on nous les apporte mourantes. Bien entendu, nous les baptisons dès leur arrivée

— C'est le mari de Madame qui va être content ! dit sœur Saint-Joseph. Il s'amuse pendant des heures avec les bébés. Quand ils pleurent, il n'a qu'à les prendre dans le creux de son bras, et ils s'épanouissent de joie.

Kitty et Waddington se retrouvèrent à la porte. Elle remercia gravement la Supérieure de l'amabilité de son accueil. La religieuse s'inclina avec une condescendance à la fois digne et affable.

— J'ai eu grand plaisir à vous voir. Votre mari est parfait pour nous. C'est le ciel qui l'a envoyé. Je suis heureuse que vous l'ayez accompagné. Quand il rentre le soir, cela doit être pour lui une grande consolation de trouver votre amour et votre... votre charmant visage. Prenez soin de lui, ne le laissez pas se surmener. Soignez-le bien dans notre intérêt à tous

Kitty rougit. Elle ne savait que répondre. La Supérieure lui tendit la main et, dans la froideur de son regard pensif, Kitty perçut une lueur d'intelligence profonde.

Sœur Saint-Joseph ayant refermé la porte,

Kitty monta dans sa chaise. Les porteurs reprirent les ruelles où s'engouffrait le vent. A une remarque de Waddington, elle ne répondit pas. Il leva les yeux : le rideau de la chaise était baissé sur le côté. Il avança en silence, mais, quand, au bord de la rivière, elle descendit, il s'aperçut avec surprise qu'elle avait les yeux remplis de larmes.

— Qu'avez-vous ? demanda-t-il, consterné.

— Rien. — Elle essaya de sourire. — Je suis ridicule.

XXXI

Étendue sur sa chaise longue près de la fenêtre, Kitty, une fois de plus, se trouvait seule dans le triste salon du missionnaire. Son regard errait le long du temple que la lumière du soir faisait de nouveau aérien et féerique. Elle s'efforça d'analyser et de classer ses impressions. Jamais elle n'eût pensé que cette visite au couvent pût autant l'émouvoir. Elle y était allée par curiosité, à défaut d'autres distractions. Après avoir regardé pendant tant de jours l'enceinte de la ville, elle n'avait pas été fâchée de connaître enfin ses rues mystérieuses.

Elle ne s'attendait pas, de la part des religieuses, à tant de chaleur dans l'éloge de leur docteur. Pour parler de lui, le ton de la Supérieure s'était adouci. Chose étrange, à cette pensée,

Kitty tressaillait d'orgueil. Waddington, lui aussi, avait fait allusion aux mérites de Walter qu'à Hong-Kong déjà personne ne discutait. Mais les sœurs ne se contentaient pas de louer sa compétence, elles insistaient sur sa sollicitude et sa bonté. En effet, il pouvait se montrer très tendre. C'était surtout au chevet des malades que rayonnait sa générosité. Pour les soigner, sa main se faisait apaisante et légère. Sa seule présence semblait soulager la souffrance. Jamais Kitty, elle le savait, ne reverrait dans ses yeux la chaleur de cet attachement dont, autrefois, la constance l'exaspérait. Il vouait aujourd'hui aux infortunés dont il était l'unique recours cette inépuisable faculté d'aimer qu'elle découvrait en lui. Elle n'en éprouvait pas de véritable jalousie, mais plutôt une impression de vide. L'appui auquel elle s'était habituée au point de ne plus le remarquer lui était soudain retiré. C'était le renversement de son équilibre comme pour le toton affaissé que ne soutient plus le mouvement giratoire.

Jadis, elle méprisait Walter ; maintenant, elle se méprisait elle-même. Il n'avait pu ignorer sa façon de le juger, et il s'y était résigné sans amertume. L'aveuglement de Kitty n'avait pas rebuté son amour. Aujourd'hui, elle songeait à lui sans haine ni rancune, mais plutôt avec crainte et inquiétude. Elle ne pouvait nier ses qualités supérieures. Parfois même elle lui reconnaissait une sorte de grandeur hautaine. Pourquoi ne pouvait-elle pas l'aimer et bannir le souvenir de celui dont éclatait l'indignité ? Après la torture des longues journées où la même pensée l'obsédait, elle jugeait Charlie médiocre et sans caractère. Que ne parvenait-elle à arracher de son cœur l'amour qui s'y attardait encore ! Elle tâcha de n'y plus penser.

Waddington aussi tenait Walter en haute estime. Elle seule l'avait méconnu. Pourquoi ? Parce qu'il l'aimait et qu'elle ne l'aimait pas. Qu'y a-t-il donc dans le cœur humain qui nous porte à dédaigner ainsi l'être qui nous aime ? Waddington avait avoué son peu de sympathie pour Walter. Celui-ci, d'ailleurs, déplaisait aux hommes. Mais les deux religieuses avaient pour lui un sentiment qui ressemblait fort à l'affection. Avec les femmes, il était différent : à travers sa timidité perçait une sensibilité exquise.

XXXII

Cet après-midi, Walter revint au bungalow plus tôt que de coutume. Kitty était étendue près de la fenêtre ouverte. Le jour mourait.

—Ne désirez-vous pas une lampe ? demanda-t-il.

— On l'apportera à l'heure du dîner.

Comme si leurs rapports eussent été purement superficiels, il lui parlait toujours de sujets insignifiants. Rien dans son attitude ne permettait de supposer qu'il lui gardât rancune. Mais jamais son regard ne cherchait le sien, jamais il ne souriait. Il affectait une politesse scrupuleuse.

— Walter, que comptez-vous faire de notre avenir, si nous survivons ? demanda-t-elle.

Il attendit un moment avant de répondre. Kitty ne voyait pas son visage.

— Je n'y ai pas pensé.

Autrefois, elle lançait à la légère tout ce qui lui passait par la tête, sans jamais songer à peser ses paroles, mais, à présent, elle avait peur de Walter ; ses lèvres tremblaient et son cœur battait douloureusement.

— J'ai été au couvent cet après-midi.

— C'est ce qu'on m'a dit.

Malgré son émotion, elle se contraignit à parler.

— Désiriez-vous vraiment ma mort quand vous m'avez amenée ici ?

— A votre place, Kitty, je n'aborderais pas ce sujet. Pourquoi réveiller ce que nous ferions mieux d'oublier ?

— Mais vous n'oubliez pas. Ni moi non plus. Depuis notre arrivée, j'ai beaucoup réfléchi. Ne voulez-vous pas me laisser parler ?

— Je vous écoute.

— Je me suis très mal conduite. Je vous ai été infidèle.

Il se tenait debout, raidi dans une immobilité menaçante.

— Allez-vous me comprendre ? Quand c'est fini, ces choses-là ne laissent pas grand souvenir aux femmes. Jamais, je crois, elles ne se sont faites à l'attitude des hommes en pareil cas. Vous aviez jugé Charlie, vous l'aviez bien jugé, poursuivit-elle d'une voix saccadée dont le timbre la surprenait elle-même. Son attitude, vous l'aviez prévue. C'est un être indigne. Si je me suis toquée de lui, c'est parce que je ne valais pas mieux. Je ne vous demande pas de me pardonner, ni de m'aimer comme jadis, mais ne pouvons-nous pas être amis ? Au milieu de ces pauvres gens qui par milliers meurent autour de nous, de ces religieuses dans leur couvent.,.

— Qu'ont-elles à voir ici ? interrompit-il.

— Je ne peux pas bien l'expliquer. Aujourd'hui, j'ai éprouvé là-bas un sentiment nouveau. Votre malheur me paraît bien peu de chose devant l'admirable sacrifice de ces femmes, et votre désespoir démesuré dans le cadre tragique où nous vivons. Je ne suis pas digne, croyez-moi, d'une seule de vos pensées.

Il ne répondit pas, mais son attitude attentive encouragea Kitty à continuer.

— Waddington et les sœurs vous révèrent. Je suis très fière de vous, Walter.

— Pas possible ! Hier encore, vous me méprisiez. Auriez-vous changé d'avis ?

— J'ai peur de vous.

Il garda le silence.

— Je ne vous comprends pas, reprit-il enfin. Au fait, je vous prie.

— Il ne s'agit pas de moi. Mais je voudrais vous voir moins malheureux.

Walter se crispa. D'un ton sec, il riposta :

— Si vous me croyez malheureux, vous vous trompez. Je n'ai guère le temps de penser à vous.

— Les sœurs accepteraient-elles mon aide ? Elles manquent d'infirmières, et, si elles voulaient bien de moi, je leur en serais reconnaissante.

— C'est un travail pénible et sans aucun agrément. Je doute qu'il vous distraie longtemps.

— Avez-vous tant de mépris pour moi, Walter ?

— Non.

Il hésita. Sa voix s'altéra.

— Je me méprise moi-même...

XXXIII

Toute la journée du lendemain, Kitty pensa au couvent, et, le matin suivant, aussitôt après le départ de Walter, elle sortit et traversa la rivière avec l'amah qui devait s'occuper des chaises. Le jour se levait à peine et les Chinois pressés sur le bac, — les paysans en cotonnade bleue, les notables dans leurs robes noires, — faisaient songer à l'étrange cortège que Caron conduisait au royaume des ombres. Et quand ils descendirent à terre, indécis comme s'ils abordaient sur un sol inconnu, ils s'arrêtèrent un instant avant de gravir la colline par petits groupes de deux ou de trois.

Désertes à cette heure, les rues donnaient plus que jamais l'impression d'une cité morte. On eût pris les rares passants pour des fantômes. Dans un ciel sans nuages, le soleil levant répandait une divine douceur. Par ce frais et souriant matin, il paraissait incroyable que la ville suffoquât, comme l'homme qu'étranglent les mains d'un fou, sous la sombre étreinte du choléra. Comment la nature — le bleu du ciel était aussi limpide que le cœur d'un enfant — pouvait-elle demeurer indifférente, quand la mort triomphait des hommes terrifiés ? A la porte du couvent, les chaises furent déposées, et un mendiant surgit du sol pour demander l'aumône à Kitty. Les loques fripées qui le couvraient semblaient avoir été ramassées sur un tas d'ordures ; à travers les accrocs apparaissait sa peau rude, tannée comme le cuir d'une chèvre. Les jambes nues étaient émaciées et le visage, avec sa tignasse grise, ses joues creuses et ses yeux farouches, révélait la folie. Kitty se détourna avec horreur, et les porteurs brutaux tentèrent de le repousser. Mais il s'arc-bouta et, pour s'en débarrasser, Kitty, toute tremblante, lui jeta quelques sapèques.

La porte s'ouvrit, et l'amah expliqua que sa maîtresse désirait voir la Supérieure. Kitty reconnut le parloir austère dont les fenêtres paraissaient closes à jamais. L'attente fut interminable, et elle commençait à craindre que son message n'eût pas été transmis, quand la Supérieure entra.

— Je m'excuse de vous avoir fait attendre, dit-elle. Je ne comptais pas sur votre visite et j'étais occupée.

— Pardonnez-moi de vous déranger, ma mère. Je crains d'avoir mal choisi mon moment.

La Supérieure sourit d'un air sérieux, mais affable, et la pria de s'asseoir. Ses yeux étaient gonflés. Elle avait dû pleurer. Kitty fut déconcertée, car la Supérieure lui avait laissé l'impression d'une femme peu sensible aux afflictions humaines.

— J'ai peur qu'il ne soit arrivé un malheur, bégaya-t-elle. Voulez-vous que je vous laisse ? Je reviendrai.

— Non, non. Dites-moi ce que je puis faire pour vous. Mais l'une de nos sœurs est... morte, la nuit dernière. — Sa voix perdit son ton placide et des larmes brouillèrent ses yeux. — J'ai tort de m'attrister, car sa simple et bonne âme, je n'en doute pas, a dû s'envoler droit au ciel : c'était une sainte. Mais il est difficile de toujours se dominer. Parfois je ne suis pas raisonnable.

— Je suis atterrée, dit Kitty, et sa voix se brisa dans un sanglot.

— Elle faisait partie de l'équipe qui, il y a dix ans, était venue de France avec moi. Maintenant, nous ne sommes plus que trois. Au départ de Marseille, je m'en souviens, toutes réunies à l'avant du bateau, nous avions adressé une prière à la statue dorée de Notre-Dame-de-la-Garde. Dès mon entrée en religion, mon plus cher désir avait été d'être autorisée à partir pour la Chine, mais, en voyant disparaître la terre de France, je ne pus retenir mes larmes : la Supérieure donnait à ses filles un bien mauvais exemple ! Alors sœur Saint-François-Xavier — c'est elle qui est morte cette nuit — prit ma main et me dit de ne pas m'affliger, car, partout où nous irions, il y aurait la France et il y aurait Dieu.

La douleur et l'effort qu'elle faisait pour réprimer des larmes que sa foi et sa raison désavouaient contractaient son beau visage sévère. Kitty détourna les yeux. Elle sentait que toute parole eût été déplacée.

— J'ai écrit à son père. Comme moi, elle était fille unique. Elle appartenait à une famille de pêcheurs bretons, et le coup leur sera dur. Oh ! quand cessera cette terrible épidémie ? Deux de nos orphelines ont été atteintes ce matin, et seul un miracle peut les sauver. Ces Chinois n'ont aucune résistance. La perte de sœur Saint-François est très grave. Il y a tant à faire et nous sommes de moins en moins nombreuses. Les sœurs de bonne volonté ne manquent pas, il est vrai, dans nos autres maisons de Chine. Nos religieuses, j'en suis sûre, donneraient tout au monde, — d'ailleurs, elles ne possèdent rien, — pour venir nous rejoindre, mais c'est la mort presque certaine et, tant que je puis me passer d'elles, je préfère éviter de nouveaux sacrifices.

— Voilà qui m'encourage, ma mère, dit Kitty. J'avais le sentiment d'arriver mal à propos. L'autre jour, vous m'avez dit que les sœurs étaient surmenées. M'autoriseriez-vous à les aider ? Je suis prête à tout pour me rendre utile, même à brosser les planchers.

La Supérieure eut un sourire amusé, et Kitty fut stupéfaite de sa facilité à changer d'humeur.

— Je n'en vois pas la nécessité. Les orphelines s'en chargent tant bien que mal.

Elle s'interrompit et regarda Kitty avec affection.

— Ma chère enfant, ne vous suffit-il donc pas d'avoir accompagné votre mari ? La plupart des femmes n'auraient pas eu ce courage et votre premier devoir n'est-il pas de l'entourer d'attentions et de paix, quand, après son labeur quotidien, il revient auprès de vous? Croyez-moi, il a besoin de tout votre amour et de toute votre sollicitude.

Kitty se sentait gênée sous l'examen discret et ironique de ces yeux d'ailleurs aimables.

— Je n'ai rien à faire du matin au soir, reprit-elle. Vous êtes surchargées de besogne, et mon désœuvrement me fait honte. Je ne voudrais pas abuser de votre bonté ni de votre temps, mais ce serait une charité de vouloir bien accepter mon concours.

— Vous ne paraissez pas très forte. Avant-hier, quand vous nous avez fait le plaisir de venir nous voir, je vous ai trouvée pâle. Sœur Saint-Joseph croyait que vous attendiez un bébé.

— Non ! non ! s'écria Kitty, en rougissant jusqu'à la racine des cheveux.

La Supérieure eut un petit rire cristallin.

— Il n'y a pas de quoi avoir honte, ma chère enfant. Cette supposition n'a pourtant rien d'invraisemblable. Depuis combien de temps êtes-vous mariée ?

— J'ai toujours le teint pâle, mais je suis très solide, et je vous assure que l'effort ne me rebutera pas.

La Supérieure était redevenue maîtresse d'elle-même. Inconsciemment, elle reprenait son air habituel d'autorité et observait la jeune femme avec attention. Kitty se sentait nerveuse à l'extrême.

— Parlez-vous chinois ?

— Non, hélas !

— C'est dommage. Je vous aurais confié les plus grandes orphelines. Il nous est difficile, en ce moment, de nous en occuper, et je crains qu'elles ne s'émancipent, conclut-elle d'un ton hésitant.

— Et si j'aidais les sœurs à l'infirmerie ? Le choléra ne me fait pas peur. Je m'occuperais des jeunes filles malades ou des soldats.

La Supérieure secoua la tête d'un air pensif.

— Vous ne savez pas ce que c'est que le choléra. C'est effroyable. A l'infirmerie, le travail est confié à des soldats, et une sœur suffit pour les diriger. Quant aux jeunes filles... non, non, votre mari, j'en suis certaine, me désapprouverait ! C'est un spectacle affreux !

— Je m'y habituerais.

— La question ne se pose pas. C'est notre rôle et notre privilège, mais vous n'avez aucune raison de nous imiter.

— Je me sens, en vous écoutant, inutile et impuissante. Ne suis-je donc bonne à rien ?

— Votre mari connaît-il vos intentions ?

— Oui.

La Supérieure la regarda comme pour pénétrer les secrets de son cœur, mais, devant l'expression suppliante et anxieuse de Kitty, elle se dérida.

— Vous êtes, bien entendu, protestante ?

— Oui.

— Peu importe. Le docteur Watson, l'ancien missionnaire, l'était aussi, et il a été parfait pour nous. Nous lui gardons une profonde reconnaissance

L'ombre d'un sourire passa sur le visage de Kitty, mais elle se tut. Après avoir réfléchi un instant, la Supérieure se leva

— C'est très aimable à vous. Je trouverai à vous occuper. A la vérité, sans l'aide de sœur Saint-François, nous ne pouvons plus nous en tirer. Quand voulez-vous commencer ?

— Tout de suite.

— A la bonne heure ! J'aime ces dispositions.

— Je vous suis très reconnaissante et je vous promets de faire de mon mieux.

La Supérieure ouvrit la porte du parloir. Mais, sur le seuil, elle hésita. Une fois de plus, elle regarda longuement Kitty. Enfin, elle posa doucement la main sur son bras.

— Vous savez, ma pauvre petite, ce n'est pas dans le travail ni dans le plaisir, dans le monde ou dans un couvent que l'on trouve la paix... C'est en soi.

La jeune femme tressaillit, mais, rapide, la Supérieure s'éloigna.

XXXIV

Une grande familiarité, sinon de l'intimité, s'établit bientôt entre Kitty et sœur Saint-Joseph. Vers le soir, à l'heure où Kitty examinait l'ouvrage des jeunes filles, la religieuse aimait à la rejoindre, et, tout en se déclarant morte de fatigue et à court de temps, à s'asseoir auprès d'elle pour potiner. Loin de la Supérieure, elle se révélait enjouée, facétieuse et assez friande de cancans. Sous son costume monacal, une brave femme sans prétentions.

Elle en revenait toujours à la Supérieure. Dès le début, Kitty avait compris que la personnalité de cette femme dominait le couvent. A l'amour, à l'admiration des sœurs se mêlaient du respect et un peu de crainte. Malgré la bonté de la Supérieure, Kitty elle-même, en sa présence, devenait gauche comme une écolière. Un sentiment inconnu, la vénération, lui enlevait son aisance. Dans un désir ingénu d'étonner, la sœur avait révélé à Kitty l'éclat des origines de leur Supérieure. Alliée à la moitié des souverains de l'Europe, elle comptait parmi ses ancêtres des personnages historiques. Alphonse d'Espagne chassait chez son père, qui possédait des châteaux dans tous les coins de France. Quel sacrifice d'avoir quitté tant de grandeurs ! Kitty écoutait, souriante, mais éblouie.

— Du reste, regardez-la, continuait la sœur, on voit bien que c'est le dessus du panier.

— Je n'ai jamais vu de plus belles mains.

— Et elle ne craint pas de les mettre à la pâte ! Elle ne se ménage pas, notre bonne mère !

A leur arrivée à Mei-tan-Fu, il avait fallu construire le couvent. La Supérieure fit les plans, surveilla les ouvriers. Les religieuses commencèrent aussitôt à arracher aux cruelles sages-femmes les pauvres petites abandonnées. Tout manquait : les lits, les vitres pour se préserver de l'air nocturne — et rien, affirmait sœur Saint-Joseph, n'était plus malsain. Souvent l'argent leur faisait défaut pour payer les ouvriers, et même pour manger. Elles vivaient comme des paysannes ; encore les cultivateurs de France, les journaliers de son père, par exemple, auraient-ils jeté leur nourriture aux cochons. Alors la Supérieure réunissait toutes ses filles pour prier, et la

Sainte Vierge leur envoyait de l'argent. Mille francs arrivaient par la poste le lendemain, ou quelque étranger, un Anglais — protestant, figurez-vous — ou même un Chinois frappait à la porte, pendant qu'elles étaient encore à genoux, pour leur apporter une offrande. Un jour, à bout de ressources, elles promirent à la Sainte Vierge de réciter une neuvaine en son honneur si elle les secourait, et — l'eussiez-vous cru ? — ce phénomène de M. Waddington déclara le lendemain qu'un bon plat de roastbeef leur ferait grand bien, et il leur donna cent dollars.

Quel drôle de petit bonhomme, avec son crâne chauve, ses yeux malins et ses pitreries ! Mon Dieu ! massacrait-il assez la langue française, et pourtant, en sa compagnie, on ne cessait de rire. Toujours de bonne humeur. Pendant cette terrible épidémie, il paraissait joyeux comme en vacances. Il était Français de cœur et si spirituel qu'à peine pouvait-on le croire Anglais. L'accent à part ! Il faisait parfois des fautes à plaisir. Évidemment, sa conduite laissait parfois à désirer, mais, célibataire et jeune, il était libre d'agir à sa guise. (Ici, un soupir et un hochement de tête.)

— Que peut-on lui reprocher, ma sœur ? demanda Kitty, souriante.

— Comment pouvez-vous l'ignorer ? Il vit avec une Chinoise, plus exactement une Mandchoue. Une princesse, paraît-il, et elle l'aime à la folie !

— On a peine à le croire, plaisanta Kitty.

— Si, si, c'est vrai, je vous l'affirme. Il est toujours en état de péché mortel. A votre première visite au couvent, n'avez-vous pas entendu, quand il ne voulait pas accepter mes madeleines, notre bonne mère dire que la cuisine mandchoue lui avait gâté l'estomac ? Voilà à quoi elle faisait allusion, et si vous aviez vu la tête de M. Waddington ! L'histoire en vaut la peine. Pendant la révolution, on massacrait les Mandchous, et le brave petit Waddington, alors en résidence à Hankow, fit épargner l'une des meilleures familles, alliée à celle de l'Empereur. La jeune fille s'éprit de lui et... vous imaginez le reste ! Quand il quitta Hankow, elle se sauva pour le suivre et, depuis, elle l'accompagne partout. Il est bien obligé de la garder, le pauvre ! D'ailleurs, il l'aime beaucoup. Elles sont parfois charmantes, ces Mandchoues. Mais où ai-je la tête? Rester assise ici, quand j'ai tant à faire ! Je suis une mauvaise religieuse, j'en rougis.

XXXV

Kitty avait l'impression de se développer. Son travail la distrayait et les aperçus qu'elle recueillait sur des existences, des mentalités différentes, éveillaient son imagination. Avec l'entrain, elle retrouva la santé et le courage. Les larmes, avait-elle pensé, allaient être désormais son partage. Mais, confuse, elle se surprit parfois à rire de bon cœur. Elle s'accoutumait à vivre au milieu d'une terrible épidémie, et la mort qui frappait autour d'elle cessa de l'obséder. La Supérieure lui avait interdit l'entrée de l'infirmerie, dont les portes closes excitaient sa curiosité. Elle y eût volontiers jeté un coup d'œil, mais la crainte l'arrêtait. Elle redoutait d'être renvoyée. Privées de ses soins, les petites filles souffriraient de son départ. Que deviendraient-elles? Et, un jour, elle constata que, depuis une semaine, Charles Townsend avait été absent de ses rêves et de ses pensées. La joie lui fit battre le cœur : elle était guérie. Elle pouvait songer à lui avec indifférence. Elle ne l'aimait plus. Oh ! quel soulagement ! quelle libération ! Avec stupeur, elle se souvenait de ses regrets passionnés ! N'avait-elle pas cru mourir de son abandon? Et déjà, elle retrouvait sa belle humeur. Comme elle avait été sotte ! En pensant à Charlie avec détachement, elle se demandait comment cette nullité avait pu la séduire. Quelle chance que Waddington ne fût pas au courant ! Jamais elle n'aurait pu supporter ses coups d'œil malicieux et ses insinuations ironiques. Libre, libre enfin ! Elle faillit éclater de rire.

Les orphelines jouaient bruyamment. D'habitude, elle les surveillait avec indulgence, attentive à réprimer le tapage et à éviter qu'au milieu de leurs ébats l'une d'elles fût brutalisée, mais, cette fois, dans son bonheur, insouciante comme les enfants, elle se joignit à la partie. Les petites filles l'accueillirent avec enthousiasme. Elles sautaient de joie à travers la salle, en glapissant de leurs voix perçantes, avec une frénésie presque barbare. Le vacarme était assourdissant.

Soudain la porte s'ouvrit, et la Supérieure apparut. Kitty écarta une douzaine de fillettes qui l'étreignaient avec des cris sauvages.

— Voilà comment vous gardez ces enfants ?

demanda la Supérieure, un sourire aux lèvres.

— Nous faisions une partie, ma mère. Elles se sont excitées. C'est ma faute, je les ai entraînées.

La Supérieure s'avança et, comme toujours, les orphelines l'entourèrent. Elle enlaçait les étroites épaules et tirait, par jeu, les petites oreilles jaunes. Sous son tendre et insistant regard, Kitty, essoufflée, rougissait. Ses yeux humides brillaient et, décoiffée par la lutte et le jeu, ses beaux cheveux offraient un charmant désordre.

— Que vous êtes belle, ma chère enfant ! dit la Supérieure. Cela réchauffe le cœur de vous regarder. Je ne m'étonne pas que ces enfants vous adorent.

Kitty devint écarlate et, sans qu'elle comprît pourquoi, des larmes mouillèrent ses yeux. Elle se cacha le visage.

— Oh ! ma mère, vous me faites rougir !

— Allons, pas de fausse honte ! La beauté est un don de Dieu, un des plus rares et des plus précieux. Rendons-lui grâce s'il nous l'accorde ou s'il nous laisse la joie de l'admirer chez les autres.

Elle sourit de nouveau et, comme si Kitty eût été une enfant, elle lui caressa doucement la joue.

XXXVI

Depuis qu'elle travaillait au couvent, Kitty voyait moins souvent Waddington. Deux ou trois fois, il était venu l'attendre au bord de la rivière et, ensemble, ils avaient gravi la colline. Il entrait chez les Lane boire un whisky, mais il acceptait rarement de dîner. Un dimanche, cependant, il proposa à Kitty d'emporter des provisions et d'aller en chaise à douze kilomètres de la ville visiter un monastère bouddhique, lieu de pèlerinage réputé. La Supérieure, pour forcer la jeune femme à se reposer, ne lui permettait pas de venir au couvent le dimanche. Walter, lui, travaillait sans arrêt. Pour arriver avant la chaleur, ils partirent à l'aube par un étroit chemin bordé de rizières. Parfois, des fermes confortables se nichaient dans un bosquet de bambous. Kitty goûtait cette détente. Après les jours de claustration, elle appréciait la vaste étendue du paysage. Ils arrivèrent au monastère, dont les constructions basses s'éparpillaient au bord de l'eau, dans un ombrage bienfaisant. Des moines aimables les guidèrent à travers le vide solennel des cours et les temples de parade aux dieux grimaçants. Dans le sanctuaire trônait, songeur, l'antique Bouddha au sourire énigmatique. Une impression de découragement planait. Cette magnificence de pacotille tombait en ruines, les dieux étaient couverts de poussière et la foi qui les avait érigés s'éteignait. Les moines paraissaient attendre leur expulsion et, sous le sourire du Supérieur, malgré sa politesse raffinée, perçait l'ironie de la résignation.

Un jour prochain, les moines déserteraient l'agréable fraîcheur des bois, et les temples, croulants et solitaires, s'effondreraient sous la fureur des orages et l'étreinte de la végétation envahissante. Des plantes grimpantes enlaceraient les idoles mortes, les arbres pousseraient dans les cours. Alors, la demeure abandonnée des dieux serait hantée par les mauvais esprits de l'ombre.

Quatre colonnes laquées soutenaient un toit de tuiles où pendait une grosse cloche de bronze. Assis sur les marches du petit monument, ils regardaient la rivière indolente et sinueuse couler vers la cité maudite dont ils apercevaient les murs crénelés. La chaleur tendait sur elle, comme un linceul, un voile de brume. L'eau mobile, malgré la lenteur de son cours, faisait penser à la mélancolie des choses qui passent. Tout finit, et qu'en reste-t-il ? Les hommes, songeait Kitty, ressemblent aux gouttes de cette rivière : fleuve anonyme, serrés l'un contre l'autre et cependant si séparés, ils descendent vers la mer. Quand tout est si fugitif et si vain, n'est-il pas pitoyable d'attacher un prix absurde à des futilités et de se rendre mutuellement si malheureux ?

— Connaissez-vous Harrington Gardens ? demanda-t-elle à Waddington, un sourire dans ses beaux yeux.

— Non. Pourquoi ?

— Pour rien. C'est bien loin d'ici. Mes parents y habitent.

— Songez-vous à les rejoindre?

— Non.

— Vous partirez sans doute dans deux mois. L'épidémie paraît décroître, et le froid en marquera la fin.

— Je regretterai presque de m'en aller.

Elle pensa à l'avenir. Que projetait Walter ? Il ne lui parlait de rien. Il demeurait froid, poli et impénétrable... Deux gouttes de cette rivière qui coulait en silence vers l'inconnu, deux petites gouttes perdues dans la masse des eaux, et qui s'attribuaient une si forte individualité !

— Prenez garde, les nonnes vous convertissent, dit Waddington avec son air malin.

— Où en trouveraient-elles le temps ? D'ailleurs, elles n'y tiennent pas. J'admire leur bonté, leur dévoûment, mais, — comment m'expliquer ? — il y a un mur entre nous. Peut-être possèdent-elles un secret qui transforme leurs vies et que je ne suis pas digne de partager ? Ce n'est pas la foi, c'est quelque chose de plus profond, de plus significatif. Leur monde est différent du nôtre et nous leur demeurerons toujours étrangers. Chaque jour, quand la porte du couvent se referme sur moi, je sens que, pour elles, je cesse d'exister.

— Votre vanité me paraît en souffrir, répliqua-t-il, narquois.

— Ma vanité !

Kitty secoua la tête. Enfin elle se tourna nonchalamment vers lui.

— Pourquoi ne m'avez-vous jamais dit que vous viviez avec une princesse mandchoue ?

— Qu'est-ce que ces vieilles commères ont été vous raconter ? C'est sûrement un péché pour des religieuses de se mêler de la vie privée des fonctionnaires.

— Quel effet cela vous produit !

Waddington baissa les yeux d'un air sournois. Il haussa les épaules.

— Ce n'est pas une histoire à divulguer. Mon avancement n'y gagnerait guère.

— Vous l'aimez ?

Il releva les yeux. Son vilain petit visage avait pris une expression de collégien.

— Elle a sacrifié foyer, famille, sécurité, amour-propre. Voilà des années qu'elle a renoncé à tout pour vivre avec moi. Deux ou trois fois, je l'ai renvoyée, elle est toujours revenue. Je me suis enfui, elle m'a suivi. Maintenant, j'en ai pris mon parti. Je finirai mes jours avec elle.

— Elle doit vous aimer avec frénésie.

— C'est, voyez-vous, une sensation assez curieuse, répondit-il, perplexe. Je suis certain que, si je la quittais pour de bon, elle se suiciderait. Sans ressentiment... pour ne pas vivre sans moi. Cela fait une drôle d'impression. On ne peut s'empêcher d'être touché.

— Mais la grande affaire, c'est d'aimer, non pas d'être aimé. Éprouvons-nous même de la reconnaissance pour ceux qui nous aiment ? Si nous ne partageons pas leur sentiment, ils ne réussissent qu'à nous importuner.

— Je n'ai pas d'expérience, répliqua-t-il. C'est la première fois qu'on m'aime.

— Est-ce vraiment une altesse impériale ?

— Non, voilà encore une exagération romanesque des sœurs. Elle appartient à l'une des premières familles mandchoues, mais la révolution les a ruinées. Elle n'en demeure pas moins une très grande dame.

Son ton de vanité flattée fit sourire Kitty.

— Comptez-vous passer le reste de votre vie ici ?

— En Chine ? Oui, que deviendrait-elle ailleurs ? A ma retraite, je m'installerai à Pékin, dans une petite maison chinoise et j'y finirai mes jours.

— Avez-vous des enfants ?

— Non.

Elle le regarda avec curiosité. Comment ce petit homme chauve, avec sa face de singe, avait-il pu éveiller une passion si ardente chez l'étrangère ? Et pourquoi, malgré l'indifférence de l'attitude, le ton cavalier, devinait-on si clairement, à sa façon de parler d'elle, l'attachement profond, le dévoûment si exclusif de la jeune femme ? Kitty en était déconcertée.

— On se sent loin de Harrington Gardens ! répéta-t-elle enfin.

— Pourquoi ?

— Tout me surprend. La vie abonde en contradictions. Je ressemble à quelqu'un qui, après avoir toujours vécu au bord d'une mare à canards, verrait soudain la mer. Tout m'étourdit et m'enivre. Je ne veux plus mourir, je veux vivre. Je me découvre un courage nouveau. Comme les anciens navigateurs qui faisaient voile vers les océans inexplorés, mon âme a soif d'inconnu.

Pensif, Waddington l'observait. Kitty, le regard distrait, contemplait l'eau dormante... Deux petites gouttes qui glissaient doucement,

doucement, vers la mer mystérieuse et infinie.

— Puis-je aller faire une visite à la dame mandchoue ? demanda Kitty, relevant soudain la tête.

— Elle ne sait pas un mot d'anglais...

— Vous m'avez été d'un grand secours. Peut-être arriverai-je à lui faire comprendre qu'elle m'inspire de la sympathie ?

Un petit sourire moqueur passa sur les lèvres de Waddington, mais il répondit avec bonne humeur :

— Un jour, je viendrai vous chercher, et elle vous offrira une tasse de thé de jasmin.

Kitty n'avouait pas que, dès le premier instant, cet amour exotique avait intrigué sa fantaisie. La princesse mandchoue devenait le symbole énigmatique et attirant de quelque mystérieuse région de l'âme.

XXXVII

Mais, un jour ou deux plus tard, elle fit une découverte imprévue.

En arrivant au couvent, elle voulut s'assurer que la toilette des enfants était bien faite. Les religieuses craignaient l'air de la nuit; aussi l'atmosphère du dortoir était-elle lourde et fétide. Après avoir goûté la fraîcheur du matin, Kitty s'y sentait toujours incommodée, et elle se hâtait d'ouvrir les fenêtres. Mais, cette fois, la tête lui tourna ; elle pensa défaillir et dut s'appuyer à la fenêtre. Jamais elle n'avait éprouvé un si grand malaise. Soudain, elle fut prise de nausées et de vomissements. Les enfants prirent peur. L'assistante accourut, mais, la voyant tremblante et pâle, elle s'arrêta avec un cri : « Le choléra ! » Une terreur mortelle saisit la jeune femme. Un instant, malgré son indisposition, elle lutta contre l'angoisse de la nuit qui montait en elle. Puis tout disparut.

Quand elle rouvrit les yeux, elle ne savait plus où elle était. Il lui sembla être étendue par terre, un oreiller sous la tête. Elle ne se souvenait de rien. Agenouillée à son côté, la Supérieure lui faisait respirer des sels et, debout, sœur Saint-Joseph la regardait. Alors, la mémoire lui revint. Le choléra ! Elle crut voir la consternation sur le visage des religieuses. Sœur Saint-Joseph paraissait énorme et son profil indécis. Une fois de plus, la terreur étreignit Kitty.

— Oh ! ma mère ! ma mère ! sanglota-t-elle. Vais-je mourir ? Je ne veux pas mourir !

— Mais non, vous n'allez pas mourir, dit la Supérieure, nullement inquiète et même un peu amusée.

— Mais c'est le choléra ! Où est Walter ? L'a-t-on prévenu ?

Ses larmes jaillirent. Comme pour se retenir à la vie, elle saisit la main que lui tendait la Supérieure.

— Allons, ma chère enfant, ne dites pas de bêtises. Il ne s'agit pas de choléra.

— Où est Walter ?

— Votre mari a trop à faire pour qu'on le dérange. Dans cinq minutes, vous irez à merveille.

Kitty la fixait, les yeux hagards. Comment

pouvait-elle demeurer si calme ? Tant de sang-froid confinait à la cruauté.

— Ne bougez pas, dit la religieuse. Il n'y a pas de quoi vous alarmer.

Le cœur de Kitty battait, désordonné. A force de côtoyer le choléra, elle avait cessé de le craindre. Quelle imprudence ! Elle allait mourir. Elle tremblait de peur. Les jeunes filles apportèrent près de la fenêtre une chaise longue en rotin.

— Voyons, laissez-nous vous soulever, dit la Supérieure. Vous serez mieux. Pouvez-vous vous tenir debout ?

Elle glissa ses mains sous les bras de Kitty et, avec l'aide de la sœur, elle releva la jeune femme, qui se laissa tomber sur la chaise longue.

— Je vais fermer la fenêtre, dit sœur Saint-Joseph. L'air du matin est malsain.

— Non, non ! dit Kitty, je vous en prie !

La vue du ciel bleu la réconfortait. Malgré son émotion, elle commençait à se sentir mieux. Les deux religieuses l'observèrent un moment en silence, puis sœur Saint-Joseph murmura quelque chose à l'oreille de la Supérieure. Alors, celle-ci vint s'asseoir auprès de Kitty et lui prit la main.

— Écoutez, ma chère enfant...

Elle lui posa une ou deux questions. Kitty n'en saisit pas l'intention. Les lèvres tremblantes, elle répondit.

— Il n'y a aucun doute, déclara sœur Saint-

Joseph ; sur ce point, on ne m'en remontre pas.

Elle eut un petit rire nerveux et plein de sympathie. La main dans celle de Kitty, la Supérieure souriait avec douceur.

— En cette matière, sœur Saint-Joseph a plus d'expérience que moi, ma chère enfant ; elle a tout de suite deviné la vérité.

— Que voulez-vous dire ? demanda Kitty, anxieuse.

— C'est évident. Comment n'y avez-vous pas pensé ? Vous êtes enceinte.

Kitty sursauta et posa un pied à terre comme pour s'élancer.

— Restez tranquille, recommanda la Supérieure.

Empourprée par l'émotion, Kitty croisa les mains sur sa poitrine.

— Ce n'est pas vrai ! C'est impossible !

— Que dit-elle ? demanda la sœur.

La Supérieure traduisit. La large face rubiconde et honnête de sœur Saint-Joseph rayonnait.

— Il ne peut pas y avoir d'erreur. Je vous en donne ma parole.

— Quand vous êtes-vous mariée, ma petite ? reprit la Supérieure. Après deux ans de mariage, ma belle-sœur avait déjà deux enfants.

La mort dans l'âme, Kitty retomba sur sa chaise.

— J'ai honte, murmura-t-elle.

— D'attendre un bébé ? Mais quoi de plus naturel ?

— Quelle joie pour le docteur ! dit sœur Saint-Joseph.

— Oui, pensez à votre mari. Son bonheur sera sans bornes. Il suffit de voir son expression quand il joue avec les enfants pour imaginer son ravissement.

Kitty se taisait. Les deux religieuses la regardaient avec une tendre sollicitude, et la Supérieure lui tapotait la main.

— Comment cette idée ne m'est-elle pas venue ? reprit Kitty. Enfin, grâce à Dieu, je n'ai pas le choléra. Je me sens beaucoup mieux. Je vais rejoindre mes élèves.

— Pas maintenant. Vous venez de recevoir un choc. Retournez plutôt vous reposer chez vous.

— Non, non, je préfère travailler.

— Obéissez ! Que dirait notre cher docteur si je tolérais une imprudence ? Venez demain, si vous le désirez, ou le jour suivant, mais, aujourd'hui, restez tranquille.

XXXVIII

Dans sa chambre, les volets clos, Kitty reposait. C'était après le déjeuner, et les domestiques dormaient. Ce qu'elle venait d'apprendre — le doute n'était plus possible — la consternait. Depuis son retour, elle s'évertuait en vain à dissiper son trouble. Un pas retentit : tous les boys marchaient nu-pieds, et, avec un soupir d'appréhension, elle comprit que ce bruit de semelles ne pouvait annoncer que son mari. Il l'appela du salon. Elle ne répondit pas. Après un silence, il frappa à sa porte.

— Oui ?

— Puis-je entrer ?

Kitty se leva et passa un peignoir.

— Oui.

Il parut. Elle se réjouit de la pénombre.

— Je ne vous ai pas réveillée, j'espère ? J'ai frappé tout doucement.

— Je ne dormais pas.

Il alla à une des fenêtres et poussa le volet. Un flot de lumière chaude inonda la chambre.

— Que se passe-t-il ? demanda-t-elle. Pourquoi revenez-vous si tôt ?

— Les sœurs m'ont dit que vous étiez souffrante. Je suis venu prendre de vos nouvelles.

Elle eut un sursaut de colère.

— Et si ç'avait été le choléra, quelle tête auriez-vous faite ?

— En ce cas, vous ne seriez pas rentrée à la maison ce matin.

Pour gagner du temps, elle s'approcha de la toilette et passa le peigne dans ses cheveux courts. Puis elle s'assit et alluma une cigarette.

— Ce matin, je ne me sentais pas bien et la mère m'a conseillé de m'en aller. Mais c'est passé. Je retournerai au couvent demain, comme les autres jours.

— Qu'avez-vous eu ?

— Ne vous l'a-t-on pas dit ?

— Non. La Supérieure a estimé que c'était à vous de me renseigner.

Contre son habitude, il la regardait face à face. L'instinct professionnel l'emportait sur son caractère. Elle hésita. Enfin, elle se décida à affronter son regard.

— Je suis enceinte, dit-elle.

Kitty connaissait Walter et son habitude d'accueillir sans broncher une nouvelle qui, assenée en coup de massue, eût désarçonné tout autre, mais jamais cette attitude ne l'avait choquée davantage. Pas un mot, pas un geste. Rien dans ses traits, rien dans l'expression de ses yeux noirs n'indiquait qu'il eût même entendu. Les larmes montèrent aux yeux de Kitty. En un pareil moment, quand les époux s'aiment, une poignante émotion doit les rapprocher. Pour rompre le silence intolérable, elle reprit, les lèvres tremblantes :

— Comment cette idée ne m'est-elle jamais venue ? C'est stupide de ma part, mais... le fait est que...

— Depuis quand... quand pensez-vous accoucher ?

Aussi ému que sa femme, Walter, la gorge serrée, parlait avec peine. Il fallait qu'il fût de pierre pour ne pas la prendre en pitié.

— Je me trouve ainsi, je crois, depuis deux ou trois mois.

— Suis-je le père ?

Un frémissement imperceptible faisait vibrer sa voix. Elle poussa un soupir. Chez Walter, toujours si maître de soi, la moindre marque d'émotion prenait une valeur exceptionnelle. Pourquoi pensa-t-elle alors à un instrument qu'on lui avait montré à Hong-Kong ? La légère oscillation d'une aiguille y enregistrait le tremblement de terre survenu à deux cents lieues, et où un millier d'êtres avaient péri. Elle regarda Walter : il était d'une pâleur spectrale. Une fois, deux fois déjà, elle l'avait vu aussi blême. Le regard un peu détourné, il fixait le sol.

— Eh bien?

Elle se tordit les mains. Si elle disait oui, il oublierait tout. Il la croirait, certes, parce qu'il le désirait, et alors il pardonnerait. Elle savait la profondeur de la tendresse que, malgré sa timidité, il ne demandait qu'à prodiguer. Tout serait changé si elle disait oui. Elle n'aimait pas Walter, jamais elle ne pourrait l'aimer, mais, à cette minute, elle souhaitait ardemment son étreinte. Elle imagina son attendrissement, ses bras tendus vers elle. Mais ce oui, elle ne pouvait pas le prononcer. Pourquoi, elle l'ignorait. Une force mystérieuse arrêtait le mot sur ses lèvres. Tout ce qu'elle avait côtoyé durant ces semaines d'épreuves : Charlie et sa méchanceté, le choléra et les victimes, les sœurs, jusqu'à ce petit poivrot de Waddington, tout l'avait transformée, elle ne se reconnaissait plus. Un spectateur intime paraissait suivre avec angoisse chaque mouvement de son cœur. Le men songe la révoltait. Une irrésistible impulsion la poussait à dire la vérité. Ses pensées vagabondaient.

Tout à coup, le cadavre du mendiant, au pied du portail, lui apparut. Pourquoi eut-elle cette vision? Elle ne sanglotait plus. De ses yeux dilatés, les larmes coulaient doucement. Enfin, elle répondit à la question :

— Je ne sais pas.

Il ricana. Un frisson la secoua.

— C'est plutôt fâcheux, qu'en pensez-vous?

Cette parole, digne de lui, — c'était exactement ce qu'elle attendait, — n'étonna pas Kitty, mais son cœur se serra. Ne concevait-il pas l'effort qu'il lui avait fallu faire pour être sincère ? Soudain, elle comprit que son aveu n'avait pas été seulement pénible, mais inéluctable. Ne lui en tiendrait-il pas compte? La petite phrase : *Je ne sais pas*, martelait le cerveau de la jeune femme. Rien ne l'effacerait désormais. Elle sortit un mouchoir de son sac et s'essuya les yeux. Tous deux se taisaient. Walter prit un siphon sur la table de nuit et emplit un verre qu'il présenta à Kitty. Elle remarqua la maigreur de ses doigts. Un tremblement agitait cette belle main effilée et longue qui n'avait plus que la peau et les os ; il pouvait composer son visage, mais sa main le trahissait.

— Ne faites pas attention si je pleure, dit-elle Ce n'est rien. Mes larmes coulent malgré moi.

Elle but. Il reposa le verre. Puis il s'assit et alluma une cigarette. Elle l'entendit soupirer. Ce n'était pas la première fois, et cela l'émouvait toujours. L'air absorbé, il regardait par la fenêtre ouverte. Elle remarqua avec surprise son visage émacié. Depuis ces dernières semaines, ses tempes se creusaient, ses pommettes saillaient. Ses vêtements trop larges semblaient avoir été coupés pour un autre. Il paraissait exténué. Il travaillait trop, dormait peu et mangeait à peine. Oubliant son propre martyre, Kitty le plaignit et souffrit de ne pouvoir le consoler.

Comme si la tête lui faisait mal, il porta la main à son front, et elle comprit que dans son cerveau aussi se heurtaient furieusement les mots : *Je ne sais pas... Je ne sais pas.* C'était étrange que cet homme morne et timide témoignât aux petits enfants une affection si spontanée, alors que la plupart des pères s'occupent si peu de leurs nouveau-nés. Touchées et amusées, les religieuses en avaient plus d'une fois parlé. Si ces cocasses bébés chinois lui inspiraient tant de tendresse, qu'eût-il éprouvé pour le sien ? Kitty se mordit les lèvres pour ne pas recommencer à pleurer.

Il regarda sa montre.

— Il faut, je le crains, que je retourne en ville. Aujourd'hui, j'ai beaucoup à faire... Pouvez-vous rester seule ?

— Oh ! oui. Surtout, ne vous tracassez pas pour moi.

— Ne m'attendez pas pour dîner. Il est possible que je revienne très tard et je prendrai quelque chose chez le colonel Yu.

— Entendu.

Il se leva.

— A votre place, je ne bougerais pas. Reposez-vous. N'avez-vous besoin de rien avant que je parte ?

— Non, merci.

Un instant, il parut hésiter, puis, brusquement et sans la regarder, il prit son chapeau et sortit. Kitty l'entendit traverser le jardin. Elle se sentait terriblement seule. Elle n'avait plus à se contraindre et elle donna libre cours à ses sanglots.

XXXIX

La nuit était étouffante. Assise à la fenêtre, Kitty regardait les toits fantastiques du temple chinois se détacher sur la clarté des étoiles, quand, enfin, Walter revint. Les yeux gonflés d'avoir pleuré, elle avait cependant reconquis son calme. Bien que tout contribuât à l'accabler, elle éprouvait une détente due sans doute à son épuisement.

— Je vous croyais déjà couchée, dit Walter en entrant.

— Je n'ai pas sommeil. Debout, je souffre moins de la chaleur. Avez-vous dîné ?

— J'ai eu tout ce qu'il me fallait.

Il arpentait la longue chambre, et Kitty vit qu'il désirait lui parler. Elle remarqua son embarras. Sans anxiété, elle attendait. Il commença brusquement :

— J'ai réfléchi à ce que vous m'avez dit cet après-midi. Il me paraît plus sage que vous partiez. J'en ai parlé au colonel Yu, et il vous donnera une escorte. L'amah vous accompagnera. Vous ne courrez aucun risque.

— Où donc irai-je ?

— Chez votre mère.

— Croyez-vous que mon retour lui serait agréable ?

Il se tut, comme pour réfléchir.

— Alors, à Hong-Kong.

— Pourquoi Hong-Kong ?

— Vous allez avoir besoin de ménagements. Je ne trouve pas humain de vous demander de rester à Mei-tan-Fu.

Kitty ne put réprimer un sourire à la fois amusé et amer. Elle faillit pouffer.

— Quel intérêt pour ma santé !

Il alla à la fenêtre. Jamais les étoiles n'avaient brillé plus nombreuses dans le ciel sans nuages.

— La place d'une femme dans votre état n'est pas ici.

Elle le regarda. Dans le cadre noir de la fenêtre ouverte sur la nuit, sa silhouette se détachait en blanc; son pur profil avait une expression sinistre, mais elle ne ressentait plus de crainte.

— Quand vous m'y avez amenée de force, souhaitiez-vous ma mort? demanda-t-elle tout à coup.

Elle attendit longtemps sa réponse. Feignait-il de n'avoir pas entendu ?

— Oui, au début.

C'était la première fois qu'il en convenait. Elle frissonna, mais sans lui en vouloir. Avec surprise, elle éprouvait même une certaine admiration. Pourquoi l'image de Charlie s'interposa-t-elle soudain, de Charlie abject et nul ?

— Vous preniez là une terrible responsabilité, répliqua-t-elle. Avec votre conscience scrupuleuse, vous seriez-vous jamais pardonné ma mort ?

— Enfin, la question ne se pose pas. Vous êtes florissante.

— Jamais je ne me suis mieux portée.

Son instinct la poussait à s'en remettre au bon plaisir de Walter. Après tant de scènes d'horreur et de misère, et quand la mort guette, qu'importe l'usage que font de leur guenille les créatures en mal d'amour ? Si seulement elle pouvait persuader Walter de l'indifférence que désormais lui inspirait Townsend dont les traits déjà s'effaçaient de sa mémoire, et lui montrer à quel point l'amour avait déserté son cœur. Une fois éteinte sa passion pour Charlie, ce qui s'était passé entre eux perdait toute importance. Son cœur libéré, ce qu'elle avait cédé de son corps ne comptait plus. Elle avait envie de dire : « En voilà assez, ne trouvez-vous pas? Nous boudons comme des enfants. Embrassons-nous et faisons la paix. Nous pouvons être bons amis, sans être amants. »

Il ne bougeait pas. La lumière de la lampe soulignait la pâleur de son masque impassible. Kitty hésitait. Au premier mot maladroit, Walter redeviendrait de glace. Elle avait appris à connaître l'extrême sensibilité cachée sous l'amertume de son ironie et la réserve farouche de ce cœur qu'un rien froissait. L'irritation la gagnait. La rancune de son mari était faite surtout de vanité blessée : nulle plaie n'est plus difficile à fermer. Pourquoi les hommes attachent-ils tant de prix à la fidélité de leur femme ? Après la première étreinte coupable, elle s'attendait à se sentir métamorphosée, mais rien en elle n'avait changé. Un grand bien-être, une vitalité plus intense, voilà tout ce qu'elle avait éprouvé. Quelle erreur, en somme, de n'avoir pas dit à Walter que l'enfant était de lui, mensonge si facile pour elle, si bienfaisant pour lui, et qui n'en était peut-être pas un. Un excès de conscience, l'avait empêchée de profiter du doute. Comme les hommes sont bêtes ! Leur part dans la procréation est si minime : c'est en la femme que se forme l'enfant pendant de longs mois de malaise et d'ennui. L'homme prétend cependant que sa brève collaboration lui confère des droits prépondérants. En quoi, vraiment, le sentiment paternel peut-il en dépendre ? Les pensées de Kitty allèrent au petit être que portaient ses flancs. Elle y songeait sans émoi ni passion maternelle, mais avec curiosité.

— Peut-être préférez-vous réfléchir un peu ? dit Walter, rompant le long silence.

— Réfléchir à quoi ?

Il se retourna, l'air surpris.

— Au jour de votre départ.

— Mais je ne veux pas partir.

— Pourquoi ?

— Mon travail au couvent m'intéresse. J'y rends, je crois, des services. Je désire rester ici aussi longtemps que vous.

— Je dois vous avertir que votre état vous rend sans doute moins résistante à l'infection.

— J'aime ce scrupule ! fit-elle avec ironie.

— Est-ce à cause de moi que vous restez ?

Elle hésita. A présent, — il ne s'en doutait guère, — il lui inspirait surtout, sentiment imprévu, de la pitié.

— Non... D'ailleurs, vous ne m'aimez plus J'ai souvent l'impression de vous ennuyer.

— Je ne vous aurais pas crue femme à vous mettre en peine pour quelques religieuses austères et une bande de marmots chinois.

Kitty sourit.

— Vous êtes injuste de me mépriser ainsi parce que je ne suis pas telle que vous pensiez. Ce n'est pas ma faute si vous avez manqué de psychologie.

— Vous tenez à rester, soit. Cela vous regarde.

— Je regrette de vous priver de cette occasion de vous montrer magnanime. A la vérité, vous avez raison, ce n'est pas par intérêt pour les orphelines que je demeure ici. Mon cas est spécial : il n'y a pas un être au monde auprès de qui je puisse me réfugier. Je ne connais personne qui ne serait importuné de ma présence, personne qui se soucie de me savoir vivante ou morte.

Il fronça les sourcils, mais sans que son expression trahît de la colère.

— Nous avons tout gâché, n'est-ce pas ? dit-il.

— Votre intention est-elle toujours de divorcer? A présent, cela m'est égal.

— N'avez-vous pas compris qu'en vous amenant ici je pardonnais?

— Je l'ignorais. Je ne connais pas les lois de l'infidélité. Alors, que ferons-nous, à notre départ de Mei-tan-Fu? Continuerons-nous à vivre ensemble ?

— Oh ! ne nous occupons pas de l'avenir !

Une lassitude mortelle perçait dans sa voix.

XL

Pour faire diversion à ses soucis, Kitty s'était remise au travail. Deux ou trois jours plus tard, Waddington vint la chercher au couvent pour l'emmener prendre le thé chez sa maîtresse. Il habitait une bâtisse blanche, carrée et prétentieuse, comme les douanes en construisent pour leurs fonctionnaires dans toute la Chine. Avec leur mobilier pratique et de mauvais goût, moitié bureau, moitié hôtel, la salle à manger et le salon manquaient d'intimité. Pour leurs habitants successifs, ces demeures ne représentaient qu'une étape. Jamais on ne se fût douté qu'à l'étage supérieur s'abritait un mystère et peut-être un roman. Ils gravirent un escalier, et Waddington introduisit Kitty dans une grande chambre ou, sur les murs blanchis à la chaux, pendaient des parchemins aux textes calligraphiés. Devant une table carrée en bois noir, aux sculptures massives, la Mandchoue attendait, assise dans un fauteuil droit du même style. Elle se leva pour les recevoir, mais sans venir à leur rencontre.

— La voilà, dit Waddington, et il ajouta quelques mots en chinois.

Elles se serrèrent la main. Svelte dans sa longue robe brodée, l'étrangère paraissait plus grande que ne s'y attendait Kitty, accoutumée à la petite taille des femmes du Sud. Elle portait une tunique de soie vert pâle dont les manches serrées lui recouvraient les poignets. Sur ses cheveux noirs disposés avec art s'étageait la coiffure des Mandchoues. Son visage était poudré, mais, des yeux à la bouche, les joues s'avivaient d'un rouge violent. Les sourcils épilés se réduisaient à une fine ligne noire, les lèvres semblaient une blessure écarlate et les grands yeux à peine bridés scintillaient comme des lacs de jais liquide. Elle ressemblait à une idole. Ses mouvements étaient lents et comme hiératiques. On la devinait timide, mais très curieuse. Elle inclina la tête deux ou trois fois du côté de Kitty, pendant que Waddington lui parlait. Kitty remarqua la délicatesse extrême de ses longues mains couleur d'ivoire et le vernis des ongles effilés. Jamais elle n'avait rien vu de plus gracieux que ces mains élégantes et languides. Elles faisaient songer au raffinement d'innombrables siècles révolus.

D'une voix aiguë, comme le gazouillis des oiseaux dans un verger, la Mandchoue prononça quelques mots que traduisit Waddington : elle était heureuse de connaître Kitty. Puis elle s'informa de son âge. Combien avait-elle d'enfants ? Tous trois s'assirent sur des sièges inconfortables. Un boy apporta des coupes d'un thé pâle, parfumé au jasmin. La Mandchoue tendit à Kitty une boîte verte de cigarettes *Three Castles*. La chambre contenait peu de meubles : la table, les chaises, un grand divan-lit avec un oreiller brodé et deux coffres de bois de santal.

— Que fait-elle, du matin au soir ? demanda Kitty.

— Un peu de peinture et, parfois, elle écrit un poème ; la plupart du temps, rien. Elle fume, avec modération heureusement, car une de mes fonctions consiste à empêcher le trafic de l'opium.

— Fumez-vous aussi ?

— Peu, je préfère le whisky.

Une odeur âcre et légère flottait dans l'air ; ce n'était pas désagréable, mais exotique et singulier.

— Transmettez-lui mon regret de ne pouvoir lui parler. Nous aurions eu, j'en suis certaine, beaucoup de choses à nous dire.

Quand ces paroles lui furent rapportées, la

Mandchoue glissa vers son invitée un regard d'intelligence. Assise avec aisance, parée de son magnifique costume, elle faisait grande impression. Au milieu du visage fardé, les yeux impénétrables observaient, prudents et réfléchis. Immatérielle comme une évocation, elle rayonnait d'une élégance qui paralysait Kitty. Jusqu'alors, la jeune femme n'avait jamais prêté qu'une attention distraite, voire un peu méprisante, à cette Chine, où le sort l'avait jetée : hors son milieu habituel, rien ne l'intéressait. Et voici qu'elle soupçonnait soudain quelque chose de secret et d'insondable. C'était l'Orient antique et mystérieux. Les croyances, l'idéal de l'Occident paraissaient rudimentaires à côté de l'idéal et des croyances dont la vue de cette exquise créature lui donnait l'intuition. Elle découvrait une autre vie vécue sur un autre plan. Devant l'idole aux yeux obliques et sages, elle sentait la vanité des efforts et des peines du monde mesquin où elle était née. Ce masque peint semblait recéler le secret d'une philosophie séculaire et profonde. Les longues mains frêles, dans leurs doigts délicats, tenaient la clef d'énigmes irrésolues.

— A quoi pense-t-elle toute la journée ? reprit Kitty.

— A rien, répondit Waddington.

— Elle est merveilleuse. Dites-lui que je n'ai jamais vu d'aussi belles mains. Je me demande ce qui, en vous, l'attire.

Avec un sourire, Waddington traduisit.

— Elle dit que je suis bon.

— Comme si une femme avait jamais aimé un homme pour sa bonté ! railla Kitty.

La Mandchoue rit pour la première fois, lorsque Kitty exprima de l'admiration pour le bracelet de jade qu'elle portait. Elle l'ôta, et Kitty, en l'essayant, s'aperçut que, malgré la finesse de ses mains, il ne passait pas. Alors son hôtesse laissa éclater une joie d'enfant. Elle dit quelques mots à Waddington et appela une amah, qui bientôt, sur son ordre, apporta une paire de très jolies babouches mandchoues.

— Si vous pouvez les mettre, elle vous les offre, dit Waddington. Cela fait d'excellentes pantoufles.

— Elles me vont à merveille, dit Kitty flattée.

Mais devant l'expression gouailleuse de Waddington :

— Sont-elles trop grandes pour votre amie ? demanda-t-elle, déçue.

— D'un kilomètre.

Kitty rit et, quand Waddington eut traduit, la Mandchoue et l'amah rirent aussi.

Un peu plus tard, Kitty et Waddington remontaient la colline. Elle se tourna amicalement vers lui :

— Vous m'aviez caché qu'elle vous inspirait tant d'affection.

— A quoi le voyez-vous ?

— Je l'ai lu dans vos yeux. N'avez-vous pas le sentiment d'aimer un fantôme ou un rêve? Les hommes demeurent toujours une énigme. Je vous croyais comme tout le monde, et je découvre que je ne sais rien de vous.

En arrivant au bungalow, il lui demanda brusquement :

— Pourquoi teniez-vous à la voir ?

Kitty hésita.

— Je suis, avoua-t-elle, à la recherche de quelque chose d'indéfinissable, mais dont je sens toute l'importance. Ma vie pourrait en être transformée. Même si les religieuses détiennent ce secret, elles ne le partageront pas avec moi. Il m'est venu à l'esprit, je ne sais pourquoi, que la rencontre de cette jeune femme mandchoue m'éclairerait. Ne me révélerait-elle pas la vérité si elle le pouvait ?

— Pourquoi supposez-vous qu'elle la connaisse?

Kitty détourna les yeux. Elle répondit par une question.

— Et vous, la savez-vous, cette vérité ?

Il sourit et haussa les épaules.

— Tao ! Certains d'entre nous la cherchent dans l'opium, d'autres en Dieu, dans le whisky ou dans l'amour. C'est toujours la même poursuite, et elle ne mène nulle part.

XLI

Kitty retomba dans la bienfaisante routine de son travail et, bien qu'elle se sentît le matin assez souffrante, elle eut l'énergie de ne pas se laisser abattre. La sollicitude des religieuses la surprenait. Certaines d'entre elles qui, autrefois, quand elle les croisait dans un corridor, se contentaient d'un banal bonjour, trouvaient à présent des prétextes pour entrer dans la chambre où elle travaillait et, tout en bavardant, elles l'enveloppaient d'un regard chargé d'une émotion intime et ingénue. Sœur Saint-Joseph lui répétait avec une insistance presque fastidieuse que, depuis quelques jours, elle s'était souvent dit : « Enfin, je me demande si... » ou : « Je ne serais pas surprise... » et, devant l'évanouissement de Kitty : « Il n'y a plus de doute, cela saute aux yeux. »

Elle dramatisait volontiers l'accouchement de sa belle-sœur, et il fallait toute la philosophie de Kitty pour n'y point trouver sujet d'inquiétude. Chez sœur Saint-Joseph se combinaient avec pittoresque les souvenirs rustiques de son enfance — une rivière bordée de peupliers qui tremblaient à la plus légère brise traversait les prairies de son père — et une simplicité familière dans sa façon de comprendre les choses de la religion. Un jour, convaincue de l'ignorance des hérétiques en cette matière, elle raconta l'Annonciation à Kitty.

— Je ne lis jamais ces lignes dans la Sainte Écriture sans pleurer, dit-elle. Cela me produit, je ne sais pourquoi, un drôle d'effet.

Puis, en des termes nouveaux pour Kitty qui en jugea la précision un peu sèche, la sœur récita :

— Et l'Ange lui apparut et lui dit : « Je vous salue, Marie, pleine de grâce, le Seigneur est avec vous : vous êtes bénie entre toutes les femmes. »

Le mystère de la conception passait sur le couvent, comme un capricieux zéphyr dans les blanches floraisons d'un verger. La pensée que Kitty était enceinte troublait et animait ces femmes stériles. Elles considéraient le côté physique de son état avec leur robuste bon sens de filles de pêcheurs ou de paysans, mais la déférence naissait dans leurs cœurs candides. L'idée du fardeau qui alourdissait la jeune femme les obsédait, et pourtant elles se sentaient exaltées et ravies. Sœur Saint-Joseph confia à Kitty que toutes ses compagnes priaient pour elle. Sœur Saint-Martin déplorait que Kitty ne fût pas catholique, mais la Supérieure la désapprouvait : « Même protestante, on peut être une brave femme, avait-elle répondu, et le Bon Dieu saura bien s'en tirer d'une façon ou de l'autre. »

L'intérêt qu'elle éveillait flattait et divertissait Kitty, mais elle fut surprise à l'extrême en découvrant que la Supérieure elle-même, malgré son austérité, la traitait avec une sollicitude particulière. Son amabilité distante se transformait en une tendresse presque maternelle. Une douceur inaccoutumée vibrait dans sa voix. Devant un enfant dont s'éveillent l'intelligence et la malice, ses yeux n'eussent pas reflété plus de curiosité. L'âme de cette femme faisait songer à l'Océan calme et gris, redoutable en sa sombre majesté, qu'un rayon de soleil rend soudain accueillant et joyeux. Parfois, le soir, elle venait tenir compagnie à Kitty.

— Prenons garde de ne pas trop vous fatiguer, mon enfant, disait-elle en ayant l'air de s'excuser, ou jamais le docteur ne me le pardonnerait. Oh ! cette réserve britannique ! Son bonheur le ravit, mais, quand on lui en parle, il pâlit.

Elle prit la main de Kitty et la caressa.

— Le docteur m'a raconté que, malgré son

désir, vous aviez refusé de partir pour ne pas nous quitter. C'est très gentil, ma chère petite, et je veux vous dire combien nous avons apprécié votre concours. Mais j'imagine que vous teniez surtout à ne pas vous séparer de lui, car votre place est à son côté, et il a besoin de vous. Ah ! que serions-nous devenues sans cet homme admirable !

— Je suis heureuse qu'il ait pu vous rendre des services.

— Aimez-le de toute votre âme, ma chérie ! C'est un saint.

Le cœur gros, Kitty sourit. Que pouvait-elle désormais pour Walter, sinon lui dispenser l'oubli ? Alors, seulement, il retrouverait la paix de l'âme. Il était inutile de solliciter son pardon. S'il soupçonnait le véritable mobile de sa femme, elle se heurterait à sa vanité blessée. Seul un événement imprévu réussirait à le distraire du souvenir qui le hantait. Chose surprenante, cet orgueil n'irritait plus Kitty. Elle le trouvait légitime, et Walter ne lui en paraissait que plus digne de pitié. La rancune le minait. Sans doute accueillerait-il avec soulagement, tout en s'efforçant de s'y soustraire, l'émotion qui l'en délivrerait.

Pourquoi, aux peines qui les accablent pendant leur courte vie, les hommes ajoutent-ils encore de vains sujets de tristesse ?

XLII

Ce soir-là, Walter ne revint pas dîner. D'habitude, quand on le retenait en ville, il s'arrangeait pour prévenir Kitty. Aussi l'attendit-elle un moment avant de se mettre à table. C'est à peine si elle toucha aux nombreux plats que, malgré le choléra et les difficultés d'approvisionnement, le cuisinier, respectueux du protocole, faisait toujours figurer au menu. Puis, étendue sur la chaise longue en rotin, près de la fenêtre ouverte, elle s'abandonna au charme de la nuit étoilée.

Le silence la reposait. Elle n'essayait pas de lire. Trop lasse pour approfondir une idée, elle songeait vaguement à l'influence que les sœurs avaient pu avoir sur elle. Si leurs actes l'émouvaient profondément, la croyance qui les inspirait la laissait insensible. Elle n'envisageait pas la possibilité d'être jamais touchée par la foi. Elle soupira : si cette grande flamme avait illuminé son âme, tout lui fût peut-être devenu plus aisé. Une ou deux fois, elle avait été sur le point de confier ses peines à la Supérieure, mais elle n'avait pas osé. L'idée que cette femme austère la jugerait lui était insupportable. A ses yeux, Kitty passerait pour avoir commis un effroyable péché. Et cependant sa conduite n'avait-elle pas été plus inélégante et stupide que coupable ?

Était-ce aberration ? Sa fâcheuse aventure n'éveillait en elle aucun repentir. Ainsi, dans le monde, quand on commet un impair, on s'en désole, mais, comme on n'y peut rien, le simple bon sens commande de n'y pas attacher autrement d'importance. Elle frissonnait de dégoût au souvenir de Charlie : elle revoyait sa puissante carrure alourdie par la graisse, sa mâchoire sans volonté, cette façon de bomber le torse afin d'effacer son ventre, et, sur ses joues de sanguin, les premiers signes de la couperose prochaine. Aux sourcils touffus qu'elle avait aimés, elle trouvait, à présent, quelque chose de bestial et de repoussant.

Et l'avenir ? Elle n'y prenait aucun intérêt. Elle ne cherchait pas à en pénétrer le mystère. Peut-être mourrait-elle à la naissance du bébé. — Sa sœur Doris, si robuste pourtant, avait failli ne pas s'en relever. Son devoir était accompli :

un héritier assuré à la nouvelle baronnie, et Kitty souriait en pensant à la fierté de sa mère. — Si l'avenir lui apparaissait aussi obscur, peut-être cela signifiait-il qu'elle ne le connaîtrait pas ? Walter demanderait à Mme Garstin d'élever l'enfant, si l'enfant survivait, et, malgré ses doutes, il le traiterait avec bonté. Il se montrait toujours parfait. Mais ses grandes qualités, son abnégation, son intelligence, sa délicatesse ne suffisaient pas, hélas ! à le rendre séduisant. Il ne lui inspirait plus aucune crainte. Elle jugeait son attitude absurde et elle le plaignait. Sa sensibilité le rendait vulnérable ; aussi espérait-elle découvrir un jour le moyen de se faire pardonner. Le désir l'obsédait de rendre à Walter la paix de l'esprit, seule réparation possible du mal qu'elle lui avait causé. Quel dommage qu'il manquât d'humour à ce point ! Elle évoquait un jour lointain où le passé douloureux serait devenu pour eux un simple sujet de plaisanterie.

Fatiguée, elle prit la lampe, alla dans sa chambre et se coucha. Bientôt elle s'endormit.

Mais un bruit violent l'éveilla. Elle crut d'abord qu'elle poursuivait son rêve. Les coups continuaient. Soudain, elle prit conscience qu'on frappait à la grille du jardin. L'obscurité était complète. Les aiguilles phosphorescentes de sa montre marquaient deux heures et demie. Comme Walter rentrait tard ! Il ne parvenait pas à éveiller le boy. Dans le silence de la nuit, les coups redoublaient. Tout à coup, ils cessèrent, et Kitty entendit grincer le lourd verrou. Jamais Walter n'était revenu à pareille heure ! Le malheureux ! Il devait être éreinté. Elle souhaita qu'il eût le bon sens d'aller se coucher au lieu de travailler, comme d'habitude, dans le laboratoire.

Au milieu d'un brouhaha, des gens pénétrèrent dans le jardin. A l'ordinaire, quand il s'était attardé, Walter s'efforçait de ne pas la réveiller. Deux ou trois personnes gravirent avec précipitation l'escalier de bois et entrèrent dans la chambre voisine. Kitty prit peur. Elle gardait toujours l'épouvante d'une révolte contre les étrangers. Qu'était-il arrivé ? Avant que son inquiétude se fût précisée, quelqu'un s'approcha et frappa à sa porte.

— Madame Lane !

Elle reconnut la voix de Waddington.

— Oui. Qu'y a-t-il ?

— Voulez-vous vous lever ? J'ai à vous parler.

Elle passa une robe de chambre, tira le verrou et ouvrit. Son regard sauta de Waddington, en pantalon chinois et veston de pongé, au boy qui portait une lanterne. A l'écart, trois soldats chinois en kaki attendaient. Elle tressaillit devant le visage consterné de Waddington : les cheveux en broussaille, il avait l'air de sortir du lit.

— Que se passe-t-il ? questionna-t-elle, haletante.

— Du calme. Il n'y a pas une minute à perdre. Habillez-vous et suivez-moi.

— Mais pourquoi ? Y a-t-il du nouveau en ville ?

La présence des soldats lui faisait redouter une insurrection : ils venaient sans doute pour la protéger.

— Votre mari est malade. Nous venons vous chercher.

— Walter ?

— Ne vous inquiétez pas. J'ignore la vérité. Le colonel Yu vient de m'envoyer cet officier en me priant de vous amener d'urgence au Yamen.

Kitty, le cœur serré, le fixa un moment, puis elle se détourna.

— Donnez-moi deux minutes.

— Je n'ai fait qu'un bond, ajouta-t-il. Je dormais. C'est à peine si j'ai pris le temps d'enfiler des souliers et un veston.

Kitty n'entendit même pas. Elle s'habillait à la lueur des étoiles, prenant les premiers vêtements qui lui tombaient sous la main. Ses doigts tremblants ne parvenaient pas à agrafer sa robe. Elle jeta sur ses épaules le châle de Canton qu'elle avait porté pendant la soirée.

— Faut-il mettre un chapeau ?

— Non.

Précédés du boy, ils descendirent en hâte l'escalier et franchirent la grille.

— Prenez garde de tomber, dit Waddington. Vous feriez mieux de vous appuyer sur mon bras.

Les soldats suivaient.

— Le colonel a envoyé des chaises. Elles attendent de l'autre côté de la rivière.

En courant, ils descendirent la colline. Kitty n'osait pas poser la question qui tremblait sur ses lèvres. Elle redoutait la réponse comme on redoute un arrêt de mort. Ils arrivèrent au bord de l'eau, où, faiblement éclairé à l'avant, un sampan les attendait.

— Est-ce le choléra ? dit-elle enfin.

— Je le crains.

Elle étouffa un cri et s'arrêta brusquement.

— Je crois qu'il ne faut pas nous attarder, conseilla Waddington.

Il l'aida à embarquer. La traversée était courte et la rivière presque stagnante. Ils se tenaient en groupe à l'avant. Son enfant ficelé sur la hanche, une femme pagayait.

— Il a été pris dans l'après-midi d'hier, dit Waddington.

— Pourquoi ne m'a-t-on pas prévenue tout de suite ?

Sans raison, ils parlaient à voix basse. Kitty devinait dans l'obscurité l'anxiété intense de son compagnon.

— Le colonel ne l'a pas quitté.

— Il aurait dû m'envoyer chercher. C'est un manque de cœur.

— Votre mari savait que vous n'aviez jamais assisté à une crise de choléra. C'est un spectacle terrifiant. Il ne voulait pas vous l'imposer.

— Malgré tout, il est mon mari, — et sa voix s'étrangla.

Waddington ne répondit pas.

— Pourquoi m'autorise-t-on à venir maintenant ?

Il posa la main sur son bras.

— Ma chère amie, ayez du courage. Il faut vous attendre au pire.

Avec un cri, elle se détourna : les trois soldats chinois la regardaient. Le blanc de leurs yeux lui fit une impression étrange.

— Est-ce la fin ?

— Autant que j'en puis juger, d'après le message du colonel, l'agonie a commencé.

— Ne reste-t-il plus d'espoir ?

— Hâtons-nous si nous voulons le trouver encore vivant !

Elle frissonna. Ses larmes jaillirent.

— Voyez-vous, il est exténué, il n'a plus de résistance.

Dans un geste d'énervement, elle dégagea son bras. Le ton accablé de Waddington l'exaspérait.

Ils atteignaient la rive. Deux coolies aidèrent

Kitty à mettre pied à terre. Les chaises attendaient. Comme elle montait dans la sienne, Waddington lui dit :

— Tâchez de maîtriser vos nerfs. Vous aurez besoin de toute votre énergie.

— Recommandez aux porteurs de se hâter.

— Ils ont l'ordre d'aller aussi vite que possible.

L'officier, déjà dans sa chaise, passa en avant et héla les porteurs de Kitty. Rapides, ils placèrent les montants sur leurs épaules et partirent au pas de course. Waddington suivait. Ils gravirent la colline à fond de train. Chaque chaise était précédée d'un coolie qui tenait une lanterne. A l'écluse, le gardien attendait avec une torche. De loin, l'officier cria un ordre, et l'homme ouvrit vivement un côté de la barrière. A leur passage, il proféra une exclamation et les porteurs répondirent. Dans le silence de la nuit, les intonations gutturales de la langue étrangère sonnaient, alarmantes et mystérieuses. Un des porteurs de l'officier trébucha sur le pavé gluant. Kitty entendit un éclat de voix courroucé, l'aigre riposte du porteur, puis la chaise reprit sa marche accélérée. Une profonde obscurité régnait dans les ruelles tortueuses. Ils s'engagèrent dans un passage resserré, contournèrent un angle et, à toutes jambes, montèrent un escalier. Les hommes commençaient à s'essouffler. Les dents serrées, ils se hâtaient. L'un d'eux sortit un lambeau de mouchoir et, tout en marchant, il épongea la sueur qui lui coulait dans les yeux. La petite troupe serpentait comme dans un labyrinthe. Parfois, derrière les volets des boutiques, on distinguait une forme étendue, et nul n'aurait pu dire si l'homme qui gisait là s'éveillerait à l'aurore ou s'il était à jamais endormi. Les rues désertes et silencieuses paraissaient lugubres et, quand un chien se mettait à aboyer, la terreur contractait les nerfs tendus de Kitty. Elle ne connaissait pas la route. Le trajet semblait interminable. Ne pouvait-on pas aller encore plus vite ? L'heure s'avançait. A chaque minute, il pourrait être trop tard.

Soudain, après avoir longé un haut mur blanc, ils arrivèrent à un portail flanqué de deux guérites : les porteurs déposèrent les chaises. Waddington s'empressa vers Kitty. Elle avait déjà sauté à terre. L'officier appela et frappa à grands coups. La porte s'ouvrit. Ils pénétrèrent dans une vaste cour carrée. Entassés contre les murs, sous les saillies du toit, des soldats dormaient pêle-mêle, enveloppés dans leurs couvertures. L'officier interrogea un homme qui paraissait être le sergent de garde, puis il se retourna et dit quelques mots à Waddington.

— Il vit encore, fit Waddington, à voix basse. Prenez garde où vous marchez.

Toujours précédés des porteurs de lanternes,

ils traversèrent la cour, montèrent quelques marches et, après avoir passé sous une grande porte, ils se trouvèrent dans une autre cour sur laquelle donnait une chambre spacieuse. Les lampes qui l'éclairaient projetaient en silhouette contre le store en papier de riz le dessin ouvragé des contrevents. Les guides les y conduisirent. L'officier frappa. On ouvrit aussitôt. Il regarda Kitty et s'effaça.

— Veuillez entrer, dit Waddington.

C'était une longue pièce basse. Les lampes fumeuses rendaient sinistre l'obscurité du dehors. Trois ou quatre infirmiers veillaient. Sur un grabat collé au mur, en face de la porte, gisait un homme roulé dans une couverture. Debout, figé dans une attitude d'attente, un officier se tenait à son chevet.

Kitty se pencha sur le malade. Les yeux clos, Walter reposait et, sous le spectral éclairage, la lividité de la mort verdissait son visage. Son immobilité était impressionnante.

— Walter ! Walter ! balbutia-t-elle avec effroi.

Un léger tressaillement agita le corps. Ce fut comme le souffle qu'on ne perçoit pas et qui ride cependant la surface de l'eau.

— Walter, Walter, parle-moi !

Lentement, les yeux s'ouvrirent. Un effort infini souleva les paupières lourdes, mais Walter ne la regarda pas. Il fixait le mur, tout près de son visage. Il parla. Dans sa voix, sans force ni timbre, perçait encore de l'ironie.

— Voilà un beau gâchis, dit-il.

Kitty ne respirait plus. Il n'ajouta rien, n'esquissa aucun geste, mais ses yeux, ses froids et sombres yeux — quels mystères découvraient-ils ? — continuèrent à fixer le mur blanc. Kitty se releva. Hagarde, elle s'adressa à l'un des infirmiers :

— Il y a sûrement quelque chose à faire. Allez-vous rester plantés là, sans rien tenter ?

Elle joignit les mains. Waddington interrogea l'officier debout au pied du lit.

— Ils ont, je le crains, tout essayé. C'est le chirurgien militaire qui l'a soigné. Votre mari l'avait formé, et lui-même n'eût pas fait mieux.

— Est-ce le chirurgien qui est là ?

— Non, c'est le colonel Yu. Il n'a pas quitté le chevet de votre mari.

Kitty lui jeta un regard machinal. Grand et massif, le colonel paraissait mal à l'aise dans son uniforme kaki. Il regardait Walter, et Kitty s'aperçut que des larmes mouillaient ses yeux. Elle en fut émue et exaspérée. Quelles raisons cet étranger au visage jaune et aplati avait-il de pleurer ?

— Cette impuissance est affreuse !

— Au moins, il ne souffre plus, soupira Waddington.

De nouveau, elle se pencha sur son mari.

Hébétés, les yeux mornes fixaient toujours la muraille. Voyaient-ils encore ? Kitty se demandait si Walter avait entendu. Elle mit les lèvres contre son oreille.

— Walter, n'y a-t-il rien que nous puissions essayer ?

Un remède devait exister, pensait-elle, qui arrêterait l'affreux déclin. Plus habituée à la pénombre, elle remarqua avec horreur que le visage de Walter s'était creusé. A peine le reconnaissait-elle. Comment quelques heures avaient-elles suffi pour produire un tel changement ? Il n'avait plus l'air humain. C'était l'image de la mort.

Il s'efforça de parler. Kitty se rapprocha.

— Ne faites pas d'embarras. J'ai eu un moment dur, mais, à présent, ça va.

Elle continua d'écouter, mais il se tut. Son immobilité brisait le cœur de Kitty : il paraissait déjà entré dans le calme de l'au-delà. Quelqu'un — le chirurgien ou un externe — s'approcha et du geste écarta Kitty. Il se pencha sur le mourant et lui humecta les lèvres avec un chiffon sale. Elle se releva et, bouleversée, se tourna vers Waddington.

— Tout espoir est-il perdu ? murmura-t-elle.

Il secoua la tête.

— Combien de temps peut-il encore vivre ?

— Nul ne le sait. Une heure peut-être.

Le regard de Kitty erra autour de la pièce misérable et s'arrêta sur la solide carrure du colonel.

— Puis-je rester seule avec Walter ? dit-elle. Rien qu'un instant.

— Certainement, si vous le désirez.

Waddington s'approcha du colonel. Celui-ci s'inclina et donna un ordre à voix basse.

— Nous attendrons sur l'escalier, dit Waddington. Vous n'aurez qu'à appeler.

Tous sortirent.

Maintenant, Kitty avait compris. Comme un poison court dans les veines, l'affreuse certitude était entrée en elle : Walter allait mourir. A tout prix, il fallait trouver les paroles qui le libéreraient de l'implacable souvenir. En cet instant, Kitty ne pensait plus qu'à son mari. Il lui semblait que, s'il mourait en paix avec elle, il mourrait en paix avec lui-même.

— Walter, pardonne-moi, je t'en supplie, — et elle se pencha sur lui. Afin de lui épargner toute fatigue, elle prenait soin de ne pas même l'effleurer. — Je regrette tant mes torts envers toi ! J'en suis désespérée !

Il se taisait. Entendait-il seulement ? Elle dut insister. Comme un phalène fantastique aux ailes d'effroi, l'âme torturée de Walter flottait-elle déjà, menaçante ?

— Mon amour !

Sur le visage courut une ombre à peine perceptible, mais impressionnante comme une convulsion. Jamais elle ne l'avait appelé ainsi. Peut-être dans le cerveau qui sombrait passa, confuse et fugitive, la pensée qu'il ne l'avait entendu prononcer ce mot, — lieu commun de son vocabulaire, — qu'à propos de chiens, de bébés et d'automobiles. Alors, ce fut horrible : deux larmes coulèrent lentement sur les joues décharnées. Kitty se tordit les mains.

— Oh ! mon chéri, mon amour, si jamais tu m'as aimée — et tu m'as aimée, sotte et cruelle — pardonne-moi ! Comment te prouver mon repentir? Aie pitié de moi. Je t'en supplie, pardonne !

Elle s'interrompit. Haletante, fiévreuse, elle attendait, les yeux fixés sur lui. Elle vit qu'il essayait de parler. Le cœur de Kitty battait à se rompre. N'était-ce pas se racheter un peu que d'avoir, à l'heure suprême, délivré cet homme de l'obsession ? Les lèvres de Walter remuaient. Il ne la regardait pas. Ses yeux qui ne voyaient plus ne quittaient pas le mur blanc. Elle se pencha pour entendre, mais il articula distinctement :

— *C'est le chien qui mourut.*

Fascinée par l'épouvante, elle demeura pétrifiée. Ces paroles n'avaient aucun sens. C'était le délire. De tout ce qu'elle avait dit, rien n'avait pénétré jusqu'à lui.

Comment la vie pouvait-elle persister dans un corps aussi immobile ? Elle regardait, regardait. Les yeux de Walter restaient ouverts. Respirait-il ?

— Walter !... chuchota-t-elle, reprise de terreur, Walter !

Soudain, elle se releva et courut à la porte.

— Voulez-vous venir ? Il a l'air de ne plus...

Ils entrèrent. Le petit chirurgien s'approcha du lit. Il alluma une lampe de poche et observa les yeux de Walter. Il lui abaissa les paupières. Puis il prononça quelques mots en chinois. Waddington soutint affectueusement Kitty.

— Je crois que tout est fini, dit-il.

Elle poussa un profond soupir. Quelques larmes roulèrent sur ses joues. Elle était plus désemparée encore qu'accablée. Waddington se taisait. Dans leur désarroi, les Chinois se serraient autour du lit. Enfin, ils se mirent à chuchoter.

— Laissez-moi vous ramener au bungalow, dit Waddington, on l'y transportera.

D'un air las, Kitty passa la main sur son front. Elle s'avança et baisa doucement Walter sur les lèvres. Elle ne pleurait plus.

— Je regrette de vous avoir donné tant de mal.

Les officiers la saluèrent au passage, et elle s'inclina avec gravité. Accompagnée de Waddington, elle traversa la cour. Ils montèrent dans leurs chaises. Waddington alluma une cigarette.

Une fumée légère perdue dans l'espace, voilà la vie d'un homme.

XLIII

Le jour se levait. Çà et là, un Chinois ouvrait les volets de sa boutique Au fond de son alcôve, à la lueur d'une bougie, une femme se lavait la figure et les mains. Un groupe s'attablait dans une maison de thé, à l'angle d'un carrefour. A travers les ruelles s'insinuait comme un voleur la lueur blafarde de l'aube.

Une brume légère reposait sur la rivière. Les jonques dardaient vers le ciel leurs mâts aigus. On eût dit les lances d'une armée de fantômes.

Sur le bac, l'air était vif. Kitty s'enveloppa de son châle aux multiples couleurs. La colline émergeait du brouillard. Dans un ciel sans nuages, le soleil indifférent brillait. Il brillait comme si rien n'était arrivé, comme si rien n'eût distingué ce jour des autres jours,

— Ne voulez-vous pas vous étendre? dit Waddington, à la porte du bungalow.

— Non, je m'assoirai à la fenêtre.

Elle s'y était attardée si souvent au cours des semaines passées que la vue du temple fantastique et mystérieux lui était devenue familière et apaisante. Même dans la dure lumière de midi, cette vision de rêve lui voilait la réalité de la vie.

— Je vais donner l'ordre de vous préparer du thé... Il faudra, sans doute, l'enterrer ce matin. Je m'occuperai de tout.

— Je vous remercie.

La cérémonie eut lieu trois heures plus tard. Kitty se révoltait à la pensée que Walter serait enseveli dans un cercueil chinois, comme si son sommeil éternel en dût être troublé. Mais il fallut bien s'y résoudre. Toujours les premières informées, les religieuses avaient appris la mort de Walter, et elles envoyèrent une croix en dahlias, rigide et conventionnelle, mais digne des mains d'un fleuriste expert. Sur la nudité du cercueil chinois, cette unique croix paraissait bizarre et déplacée. Quand tout fut prêt, on dut attendre le colonel, qui avait fait connaître par Waddington son désir d'assister aux obsèques. Il arriva, suivi d'un aide de camp. Le cortège gravit la colline jusqu'à l'endroit où était enterré le prédécesseur de Walter. Une demi-douzaine de coolies portaient le cercueil. Waddington avait trouvé dans les affaires du missionnaire un livre anglais de prières. D'une voix basse, avec un embarras qui ne lui était pas habituel, il lut le service funèbre. Peut-être, en prononçant les paroles solennelles et terribles, songeait-il que si, victime du fléau, il tombait à son tour, personne ne demeurerait pour les réciter sur son corps. La bière fut descendue dans la tombe et les fossoyeurs commencèrent à jeter la terre.

Le colonel remit son chapeau, salua Kitty avec respect et, après avoir échangé quelques mots avec Waddington, il partit, accompagné de son aide de camp. Curieux d'assister à un enterrement chrétien, les coolies s'étaient attardés et, à présent, leurs jougs à la main, par petits groupes, ils s'en allaient. Kitty et Waddington attendirent que le cercueil fût recouvert, puis, sur le tertre d'où montait une odeur de terre fraîche, ils déposèrent les dahlias prétentieux des sœurs. Kitty n'avait pas pleuré, mais, quand la première pelletée de terre résonna sur le cercueil, son cœur se serra affreusement.

Waddington semblait disposé à partir.

— Êtes-vous pressé? demanda-t-elle. Je ne tiens pas à retourner tout de suite au bungalow.

— Je n'ai rien à faire. Je suis à vos ordres.

Ils suivirent la route jusqu'au sommet de la colline où se dressait l'arc élevé à la mémoire de la veuve fidèle, qui avait produit sur Kitty une si forte impression. Pourquoi, sous le symbole qu'elle ne comprenait pas, voyait-elle un fond d'indéfinissable ironie ?

— Nous asseyons-nous ? Voilà des siècles que nous ne sommes venus ici. — A leurs pieds, tranquille et sereine sous la lumière du matin, s'étendait la plaine immense. — Il y a si peu de temps que je suis à Mei-tan-Fu et il me semble qu'une vie entière s'est écoulée.

Il ne répondit pas. Les pensées de Kitty vagabondaient.

— Croyez-vous à l'immortalité de l'âme ? demanda-t-elle, dans un soupir.

Cette question ne parut pas le surprendre.

— Qu'en sais-je ?

— J'ai regardé Walter avant qu'on le mette en bière. Il paraissait très jeune. Trop jeune pour mourir. Vous rappelez-vous ce mendiant que nous avions vu, lors de notre première promenade ? Il avait l'air de n'avoir jamais appartenu à l'espèce humaine. On eût dit une dépouille d'animal. Et voilà, bien plus que la mort, ce qui m'effrayait en lui. Walter semblait une machine à bout de course. Et, si l'homme n'est vraiment qu'une machine, combien futiles et vaines sont les peines de cœur, la souffrance et la misère !

Waddington se taisait. Ses yeux parcouraient le paysage. Dans la joie du soleil matinal, l'âme s'exaltait à la contemplation du vaste horizon. A perte de vue se succédaient les lignes droites des rizières. Çà et là, une tache bleue : un paysan penché sur la charrue attelée de buffles. La nature n'était que bonheur et paix. Kitty rompit le silence.

— Je ne saurais vous dire à quel point m'émeut tout ce que j'ai vu au couvent. Elles sont extraordinaires, ces femmes. Auprès d'elles, je me sens complètement inutile. Patrie, foyer, amour, enfants, liberté, elles abandonnent tout, jusqu'aux petites choses qui font la joie de vivre et dont le sacrifice doit être si pénible : les fleurs et les champs, les promenades un jour d'automne, les livres, la musique, elles renoncent à tout. Et pour se vouer à quoi ? A une vie de pauvreté, d'obéissance, d'écrasant labeur et de prières. Pour elles, cette terre est réellement un lieu d'exil. La vie leur est une croix qu'elles portent de bon gré, mais jamais dans leur cœur ne se relâche le désir, la soif ardente, passionnée, de la mort qui les conduira à la vie éternelle.

Kitty regarda Waddington avec angoisse.

— Eh bien ?

— Supposons qu'il n'y ait pas de vie éternelle. Si la mort était la fin de toutes choses, elles auraient tout sacrifié pour une illusion. Elles auraient été dupes !

Waddington réfléchit.

— Je me le demande. Peu importe qu'elles aient poursuivi une chimère. Leurs vies, en elles-mêmes, sont magnifiques. Seule, la beauté que les hommes réussissent parfois à faire naître du chaos rend supportable le monde où nous vivons : la peinture, la musique, les fleurs, une vie bien vécue. Rien ne vaut une existence harmonieuse. Voilà la parfaite œuvre d'art.

Kitty soupira. Ces paroles lui étaient pénibles. Elle en attendait d'autres.

— Avez-vous jamais assisté à un concert symphonique ? continua-t-il.

— Oui, dit-elle, souriante. Je ne connais rien à la musique, mais je l'aime,

— Chacun des musiciens ne pense qu'à son propre instrument. Croyez-vous donc qu'il suive les harmonies compliquées qui se déroulent dans l'air indifférent ? Il n'a souci que de sa modeste partie. Mais il sait la beauté de l'œuvre et, même si personne n'écoutait, il serait heureux d'y collaborer.

— Vous me parliez du Tao, l'autre jour, reprit Kitty, après un silence. Dites-moi ce que c'est ?

Waddington la regarda, hésita, et un sourire éclaira son visage comique.

— C'est la Voie et le Passant. La route sans fin où marchent tous les êtres ; mais personne ne l'a créée, car elle est la vie. Tout et rien. Tout en sort, tout s'y adapte ; pour finir, tout y retourne. C'est un carré sans angles, un son que l'oreille ne perçoit pas, une image sans forme, un vaste filet dont les mailles aussi larges que la mer ne laissent rien passer. C'est le sanctuaire, l'universel refuge.

Il n'est nulle part, mais, sans chercher au dehors, vous pouvez le découvrir. Il enseigne le secret de ne pas désirer le désir, de laisser les événements suivre leur cours. Qui s'humilie sera exalté. Qui s'abaisse sera élevé. La faillite est dans l'essence du succès, et le succès est la trêve de la faillite; mais qui peut prédire le moment du revirement? L'être torturé par l'amour peut retrouver la sérénité d'un petit enfant. Le charme donne la victoire à celui qui attaque et assure le salut de celui qui se défend. Pour être fort, il faut d'abord savoir se dominer.

— Est-ce donc la clef de l'énigme ?

— Je me l'imagine parfois, quand, après une demi-douzaine de whiskies, je regarde les étoiles.

Il y eut un silence. Bientôt Kitty le rompit.

— Dites-moi : « C'est le chien qui mourut », n'est-ce pas une citation ?

Les lèvres de Waddington esquissèrent un sourire et il faillit répondre. Mais les événements avaient sans doute singulièrement affiné sa sensibilité. Quelque chose dans l'expression de Kitty, qui pourtant détournait les yeux, le retint.

— Pourquoi me demandez-vous cela ? fit-il avec prudence.

— Pour rien. Cette phrase vient de traverser mon cerveau. Elle sonnait comme une réminiscence.

— Pendant que vous étiez seule avec votre

mari, reprit Waddington, après un nouveau silence, j'ai interrogé le chirurgien. Il me paraissait nécessaire de connaître certains détails.

— Eh bien ?

— Il était hors de lui. Impossible de démêler ce qu'il avait dans l'esprit. Autant que j'ai pu comprendre, votre mari a été contaminé au cours de ses expériences.

— Ses recherches ne lui laissaient jamais de répit. Sa vraie vocation, c'était la bactériologie. Voilà pourquoi il avait tenu à venir ici.

— Mais, d'après le récit du chirurgien, je ne parviens pas à me rendre compte si l'infection a été accidentelle ou s'il a tenté une expérience sur lui-même.

Kitty devint très pâle. Cette pensée la fit frémir. Waddington lui prit la main.

— Pardonnez-moi d'être revenu sur ce sujet, dit-il affectueusement, mais, bien qu'en pareil cas tout ce qu'on peut dire soit vain, j'ai pensé que vous seriez fière d'apprendre que votre mari était mort en martyr de la science et de son devoir, et que votre peine en serait adoucie.

Kitty eut un mouvement d'impatience.

— Walter est mort d'une peine de cœur, dit-elle.

Waddington ne répondit pas. Lentement, elle tourna vers lui un visage impassible et blême.

— Mais qu'a-t-il donc voulu exprimer en disant : « C'est le chien qui mourut » ?

— C'est la dernière phrase de l'Élégie de Goldsmith[1].

1. Après des années de fidélité, un chien mord son maître. A la surprise générale, c'est le chien qui en meurt.

XLIV

Une semaine avait passé. Kitty, revenue au couvent, cousait. La Supérieure entra et vint s'asseoir auprès d'elle. Elle jeta sur l'ouvrage de Kitty un regard de connaisseur.

— Vous cousez comme une fée, ma petite. Ce talent ne se rencontre plus guère chez les jeunes femmes de votre milieu.

— Je le dois à ma mère.

— Comme elle va se réjouir de bientôt vous retrouver !

Kitty releva la tête. Il y avait dans cette phrase autre chose qu'une simple marque de courtoisie.

— Je vous ai permis de revenir ici après la mort de votre cher mari, poursuivit la religieuse, dans l'espoir que le travail vous distrairait. Vous n'étiez pas en état de supporter le long voyage d'Hong-Kong et je ne voulais pas non plus vous laisser seule chez vous à ressasser votre peine. Huit jours ont passé : c'est le moment de vous en aller.

— Mais, ma Mère, je ne le désire pas. Je n'ai pas l'intention de partir.

— Rien ne vous retient. Vous étiez venue pour suivre votre mari. Votre mari est mort. Dans votre état, des ménagements incompatibles avec la vie d'ici vous seront bientôt nécessaires. C'est votre devoir, ma chère enfant, de ne rien négliger pour la santé de l'être que Dieu a confié à votre charge.

Les yeux baissés, Kitty se taisait.

— Je croyais vous être de quelque utilité, commença-t-elle, et j'en étais très heureuse. J'espérais que vous accepteriez mes services jusqu'à la fin de l'épidémie.

— Nous vous demeurons très reconnaissantes, répondit la Supérieure, mais l'épidémie décroît, les risques deviennent moins sérieux, et j'attends deux sœurs de Canton. A leur arrivée, votre concours perdra son utilité.

Le cœur de Kitty se serra. L'accent péremptoire de la Supérieure annonçait une impatience qui, devant la moindre insistance de la jeune femme, tournerait à l'irritation. Toute discussion était superflue.

— M. Waddington a été assez aimable pour me demander mon avis.

— De quel droit se mêle-t-il de mes affaires ? interrompit Kitty.

— S'il ne me l'avait pas demandé, je me serais sentie obligée de le lui donner, rectifia la Supérieure avec douceur. Votre place n'est plus ici, mais auprès de votre mère. M. Waddington a décidé le colonel Yu à vous accorder une forte escorte. Porteurs et coolies sont déjà engagés. L'amah vous accompagnera. Vos chambres seront retenues pour les haltes. Vous voyagerez dans les meilleures conditions.

Kitty se mordit les lèvres. N'aurait-on pu, au moins, la consulter avant de prendre une décision qui la concernait seule ? Elle dut se maîtriser pour ne pas répondre avec aigreur.

— Et quand dois-je partir ?

— Plus tôt vous serez à Hong-Kong et sur le paquebot d'Angleterre, continua avec calme la Supérieure, et mieux cela vaudra, chère enfant. Vous pourriez vous mettre en route après-demain au petit jour.

— Déjà !

Des larmes lui montèrent aux yeux. C'était la vérité. Sa place n'était plus ici.

— Vous paraissez tous bien pressés de vous débarrasser de moi, dit-elle tristement.

Aussitôt, une détente se produisit dans l'attitude de la Supérieure. Devant la soumission de Kitty, sa voix, inconsciemment, se faisait plus conciliante. La jeune femme, qui ne manquait pas d'humour, constata que les saints eux-mêmes se plaisent parfois à imposer leur volonté.

— N'allez pas croire que je n'apprécie pas votre bon cœur, ma chère petite, et l'admirable charité qui vous attache aux devoirs que vous vous êtes imposés.

Kitty, les yeux fixés dans le vide, haussa les épaules. De telles vertus n'étaient pas son fait. A défaut d'un autre refuge, elle aurait voulu rester à Mei-tan-Fu, voilà tout. Personne au monde, sensation curieuse, ne se souciait de son sort.

— Je ne comprends pas cette répugnance à retourner chez vous, poursuivit affectueusement la Supérieure. Bien des gens, ici, voudraient partager cette chance !

— Mais pas vous, ma Mère ?

— Oh ! pour nous, ma petite, c'est différent. Quand nous venons ici, nous savons que nous quittons nos foyers pour toujours.

De l'amour-propre blessé de Kitty surgit la tentation de découvrir le défaut de cette cuirasse de foi qui protégeait les religieuses contre les faiblesses humaines.

— Ne vous est-il pas pénible, parfois, de ne jamais revoir ceux qui vous sont chers, les paysages où vous avez été élevée?

La Supérieure hésita, mais aucune ombre ne troubla son austère sérénité.

— C'est pénible pour ma mère qui est vieille et dont je suis la seule fille. Elle désirerait ardemment m'embrasser avant de mourir. J'aimerais à lui donner cette joie. Mais il n'y faut pas songer : nous devrons attendre jusqu'au paradis.

— Pourtant, quand vous pensez aux vôtres, vous devez parfois vous demander si vous avez eu raison de les priver de votre présence.

— Vous voulez savoir si j'ai connu les regrets? — Le visage de la Supérieure s'illumina. — Jamais, jamais ! J'ai quitté une routine inutile et banale pour une vie de prières et de sacrifices.

Il y eut un court silence. Puis la Supérieure reprit sur un ton plus léger :

— Accepteriez-vous de vous charger d'un petit paquet et de l'expédier en arrivant à Marseille ? Je ne voudrais pas le confier à la poste chinoise. Je vais tout de suite le chercher.

— Vous me le donnerez demain, dit Kitty.

— Demain, mon enfant, vous aurez trop à faire pour venir ici. Il est préférable que vous nous disiez adieu ce soir.

Elle se leva et, de son allure toujours aisée, malgré le costume volumineux, elle quitta la pièce. A ce moment, entra sœur Saint-Joseph. Elle venait prendre congé : « Sous la solide escorte que lui donnerait le colonel Yu, Kitty voyagerait dans de bonnes conditions, elle n'aurait rien à craindre. D'ailleurs, les sœurs suivaient constamment seules cette route sans incident.

Kitty aimait-elle les traversées ? Mon Dieu, quel affreux souvenir lui avait laissé un orage dans l'océan Indien ! Comme madame sa mère allait se réjouir de retrouver sa fille ! Mais Kitty devait bien se soigner. N'était-elle pas responsable à présent d'une autre petite âme ? Toute la communauté ne l'oublierait pas dans ses prières. Elle-même prierait toujours pour Kitty, pour le cher petit bébé et pour le repos de ce bon et courageux docteur. »

Son intérêt, son affection perçaient sous ce verbiage, et cependant Kitty sentait que, pour cette religieuse fascinée par l'espoir de l'éternité, elle ne représentait qu'une ombre immatérielle. Une envie sauvage la gagnait de saisir la brave sœur aux épaules et de lui clamer : « Ignorez-vous que je suis un être humain malheureux et abandonné ? Que j'ai soif de consolation, de sympathie, d'encouragement ? Oh ! ne pouvez-vous vous détourner de Dieu une minute et me donner un peu de pitié ? Pas cette pitié chrétienne que vous inspire tout ce qui souffre, mais la simple compassion humaine. » Pour un peu, Kitty eût souri à l'idée de l'émoi que causerait cet appel. Déjà la sœur se demandait si les Anglais n'étaient pas tous fous. Ce soupçon deviendrait une certitude.

— Par bonheur, j'ai le pied marin, répondit Kitty. Jamais je n'ai encore été malade en mer.

La Supérieure revint avec un joli petit paquet.

— Ce sont des mouchoirs que j'ai faits pour la fête de ma mère, dit-elle. Les chiffres ont été brodés par nos élèves.

Sœur Saint-Joseph suggéra que Kitty prendrait plaisir à admirer ce travail et, avec un sourire d'excuse, la Supérieure dénoua le paquet. Dans un coin du fin linon, une couronne de feuilles de fraises surmontait le point compliqué des initiales. Quand Kitty se fut suffisamment extasiée, les mouchoirs furent repliés, et on lui confia le paquet. Après un « Eh bien ! madame, je vous quitte » et de nouvelles démonstrations polies et conventionnelles, sœur Saint-Joseph s'en alla. Kitty sentit qu'il était temps de prendre congé de la Supérieure. Elle la remercia de son amabilité. Toutes deux s'engagèrent dans les corridors.

— Ne suis-je pas indiscrète en vous priant d'expédier ce paquet de Marseille ? dit la Supérieure.

— Ce sera pour moi un plaisir, répondit Kitty.

Son regard tomba sur l'adresse. Le nom paraissait très imposant et le lieu de destination attira son attention.

— Mais c'est un des châteaux que j'ai vus ! J'ai fait, avec des amis, un voyage en auto à travers la France.

— C'est très possible, dit la Supérieure. Les étrangers sont autorisés à le visiter deux fois par semaine.

— Si j'avais vécu dans une si belle demeure, jamais je n'aurais eu le courage de la quitter.

— Ces monuments historiques manquent d'intimité. Mes regrets, si j'en avais, seraient pour le petit château que nous habitions dans les Pyrénées au temps de mon enfance. Je suis née au bruit des vagues. Parfois, je l'avoue, j'aimerais à entendre déferler la mer contre les rochers.

Kitty eut l'impression que la Supérieure devinait sa pensée et qu'elle s'amusait à la dérouter. Mais elles atteignaient le modeste portail. A la surprise de Kitty, la Supérieure la prit dans ses bras et l'embrassa. La pression de ces lèvres pâles, — elle la baisa sur les deux joues, — était si imprévue que la jeune femme rougit et faillit pleurer.

— Au revoir, Dieu vous garde, ma chère petite ! — Elle la retint dans ses bras. — Souvenez-vous-en : il n'y a pas plus de mérite à accomplir notre devoir qu'à veiller à la propreté de notre corps. Cela ne suffit pas, car le devoir s'impose. La seule chose qui compte, c'est de l'aimer. Si l'amour et le devoir se rencontrent, vous êtes touché par la grâce et vous goûtez un bonheur qui passe l'imagination.

Derrière Kitty, la porte du couvent se referma pour toujours.

XLV

Waddington accompagna Kitty jusqu'au sommet de la colline. Alors, ils se retournèrent vers la tombe de Walter. Devant l'arc, l'ami des mauvais jours fit ses adieux à la jeune femme. Et, en regardant une dernière fois le mausolée, Kitty comprit qu'à l'énigmatique ironie qu'elle lui avait prêtée elle pouvait désormais comparer celle de son propre masque. Elle monta dans sa chaise.

Les jours se succédaient. Les détails de la route orientaient ses pensées. Ils revivaient sous ses yeux, se déroulant comme des images qui tournent dans un stéréoscope, et tout ce qu'elle voyait s'enrichissait du souvenir de ce qui l'avait frappée, alors qu'en sens inverse elle suivait le même chemin. Les coolies chargés de leur fardeau s'échelonnaient en désordre, dispersés en groupes de deux ou de trois, ou bien isolés. De grands intervalles parfois les séparaient. Les soldats de l'escorte avançaient avec effort de leur pas traînant qui abat cependant ses vingt-cinq kilomètres à la journée. L'amah était portée par deux hommes et Kitty par quatre, non pas qu'elle fût plus lourde, mais par égard pour son rang. Souvent ils croisaient une théorie de coolies courbés sous leur charge, ou un fonctionnaire chinois qui, du fond de sa chaise, jetait sur la femme blanche un regard inquisiteur. Coiffés de larges chapeaux, des paysans en robes d'un bleu déteint se rendaient à un marché. Ou bien c'était une femme qui sautillait sur ses pieds déformés. Au versant de petites collines s'étageaient de géométriques rizières. Des fermes se tapissaient sous des bosquets de bambous. Puis, ce fut la misère de hameaux sordides, le grouillement de villes ceintes de murailles comme dans les vieux missels. Il faisait bon sentir la caresse du soleil d'automne, et si le froid piquait à l'heure où l'aube indécise prête à l'uniformité des champs la poésie d'un conte de fée, sa chaleur bienfaisante semblait ensuite plus délectable. La jeune femme s'y abandonnait avec une irrésistible sensation de bien-être.

Étranges et lumineux paysages aux tons délicats dont les lignes semblaient dessinées par un artiste !

Ils devenaient un écran sur lequel, formes imprécises et mystérieuses, évoluaient les chimères de Kitty. Tout paraissait irréel. Dans son enceinte crénelée, Mei-tan-Fu faisait songer à ces fonds de décor employés dans les pièces d'autrefois pour représenter une ville. Les religieuses, Waddington et la Mandchoue qui l'aimait devenaient de fantastiques personnages aux masques symboliques ; les autres, ceux qui se faufilaient le long des rues tortueuses et ceux qui mouraient, d'anonymes figurants. Sans doute, le spectacle, les acteurs avaient-ils une signification, mais laquelle? On eût dit une danse rituelle, savante et antique, dont les pas compliqués devaient avoir un sens. Mais ce sens, hélas ! elle ne le démêlait pas : il demeurait impénétrable.

Une vieille femme traversait la route. Au soleil, ses hardes bleues prenaient les tons du lapis-lazuli. Avec ses mille petites rides, son visage ressemblait à un *netzke* de vieil ivoire et pour assurer ses pieds rabougris, elle s'appuyait sur une longue canne noire. Il semblait incroyable à Kitty qu'elle eût pris part avec son mari à cette danse étrange et immatérielle. Et pourtant leurs rôles n'avaient-ils pas été de premier plan ? Elle aurait pu y perdre la vie : lui, il était mort. Était-ce un jeu? Pas autre chose, peut-être, qu'un cauchemar dont elle s'éveillerait en sursaut avec un soupir de délivrance. Tout cela lui paraissait s'être passé, il y a très longtemps, en quelque lieu lointain. Les personnages de ce drame s'estompaient sur le fond ensoleillé de la vie réelle. Et il semblait à Kitty, étonnée de son indifférence, qu'elle tournait les pages d'un livre déjà lu. De sa mémoire s'effaçaient déjà les traits si familiers de Waddington.

Ce soir, ils atteindraient le Si-Kiang et la ville où elle devait s'embarquer. Alors une seule nuit de voyage la séparerait d'Hong-Kong.

Dans sa honte de ne pas pleurer, Kitty, au moment de la mort de Walter, se reprochait son manque de cœur. Les larmes ne mouillaient-elles pas les yeux de l'officier chinois? Puis elle était demeurée comme hébétée.

Maintenant, si une attitude attristée s'imposait, si les convenances lui interdisaient de laisser lire dans son cœur, la vie l'avait trop meurtrie pour qu'elle pût se leurrer elle-même. Des épreuves de ces dernières semaines se dégageait cette leçon : s'il est nécessaire parfois de mentir aux autres, il est toujours méprisable de se mentir à soi-même.

Elle reconnaissait les admirables qualités de Walter, mais pourquoi l'avait-il toujours ennuyée ? Elle ne s'avouait pas que cette fin était pour elle une délivrance. En toute honnêteté, elle pouvait affirmer que, si un mot avait suffi pour lui rendre la vie, elle l'aurait prononcé, mais l'événement, elle s'en rendait compte, simplifiait sa situation. Jamais ils n'auraient connu le bonheur, et cependant une séparation eût été bien difficile.

Elle évitait de songer à l'avenir et ne formait aucun projet. Tout ce qu'elle savait, c'est qu'elle demeurerait à Hong-Kong le moins longtemps possible.

Rien ne l'obligeait à voir Townsend. Il aurait le tact de l'éviter. Pourtant, elle eût aimé à se retrouver une fois en sa présence pour lui dire sa façon de penser.

Mais qu'importait Charles Townsend ? Comme la riche mélodie qui chante, soutenue par les triomphants arpèges de la harpe, à travers les harmonies compliquées d'une symphonie, une pensée délicieuse obsédait son cœur. C'était cette pensée qui amenait un sourire sur ses lèvres pâlies quand passait un jeune garçon, l'allure joyeuse, l'œil hardi, qui parait les rizières de leur exotique beauté, et qui prêtait aux cités chinoises la magie d'une vie tumultueuse. Le foyer du choléra était une prison d'où elle s'était évadée. Autrefois, elle n'avait jamais compris la tendresse d'un ciel bleu, ni la joie qui éclate dans les taillis de bambous inclinés sur la route avec une grâce légère. La liberté : voilà le mot qui chantait dans son cœur. L'avenir incertain s'irisait comme la brume sur la rivière aux rayons du soleil levant. La liberté ! Non seulement elle était affranchie d'une chaîne et d'une compagnie fastidieuse, mais des menaces de la mort et aussi de l'amour qui l'avait dégradée. C'était la libération de sa chair et de son esprit. Libre désormais, elle allait avec vaillance au-devant de son destin.

XLVI

Du pont du bateau, Kitty ne se lassait pas d'admirer le grouillement pittoresque de la vie sur la rivière. Quand on accosta à Hong-Kong, elle descendit à sa cabine pour voir si l'amah n'avait rien oublié. Elle jeta un coup d'œil à son miroir. La robe noire qu'elle portait avait été teinte par les religieuses. Ce n'était pas là vraiment le deuil qui convient à une veuve. Avant tout, il y faudrait remédier. Les voiles traditionnels de la douleur masqueraient à souhait ses véritables sentiments. On frappa à la porte. L'amah ouvrit.

— Madame Lane !

Kitty se retourna et aperçut un visage qu'au premier instant elle ne reconnut pas. Soudain, son cœur se mit à battre et elle rougit : c'était

Dorothée Townsend. Kitty s'attendait si peu à la voir qu'elle demeura interdite. Mais Mme Townsend entra et, d'un geste impulsif, la prit dans ses bras.

— Oh ! ma chérie ! ma chérie ! Je suis navrée pour vous.

Un peu surprise de telles effusions de la part d'une femme qu'elle avait toujours jugée froide et distante, Kitty se laissa embrasser.

— Vous êtes très aimable, murmura-t-elle.

— Allons sur le pont. L'amah s'occupera de vos bagages, et mes boys attendent.

Dorothée lui prit la main et Kitty remarqua sur son visage bienveillant et fané l'expression d'un intérêt sincère.

— Votre bateau est en avance, j'ai failli ne pas arriver à temps, dit Mme Townsend. Si je vous avais manquée, je ne m'en serais pas consolée.

— Mais vous n'êtes pas venue à cause de moi ? s'exclama Kitty.

— Si, bien entendu.

— Comment avez-vous su que j'arrivais ?

— Waddington m'a télégraphié.

La gorge serrée, Kitty se détourna. Comment un témoignage de sympathie inattendue pouvait-il l'émouvoir à ce point ? Elle n'avait pas envie de pleurer, mais elle souhaitait que Dorothée Townsend la laissât. Cet accueil expansif l'embarrassait.

— J'ai une grande faveur à vous demander. Nous voudrions, Charlie et moi, que, pendant votre séjour à Hong-Kong, vous habitiez chez nous.

Kitty retira instinctivement sa main.

— Vous êtes bien aimable. Je ne puis accepter.

— Mais si. Vous n'allez pas demeurer seule dans votre maison. Ce serait affreux. J'ai tout préparé. Vous aurez un salon pour vous. Si cela vous ennuie de venir à table, vous pourrez y prendre vos repas. En acceptant, vous nous ferez plaisir à tous deux.

— Mon intention n'était pas d'aller chez moi. Je comptais prendre une chambre au *Hong-Kong Hôtel*. Je ne voudrais pas vous déranger.

Cette invitation la prenait au dépourvu. Elle était confuse et vexée. Si Charlie avait eu du tact, il aurait su éviter cette situation. Kitty ne voulait rien leur devoir, ni à l'un ni à l'autre.

— Oh ! mais je ne pourrais pas vous savoir à l'hôtel. Et, en ce moment, le *Hong-Kong* vous paraîtrait insupportable, avec les allées et venues et le jazz à toutes les heures du jour. Dites-moi que vous viendrez, je vous en prie ? Je vous promets que nous serons discrets.

— Mais pourquoi vous montrez-vous si bonne pour moi ? — Prise de court, Kitty ne se décidait pas à prononcer un refus catégorique. — Je serais, j'en ai peur, d'une compagnie peu divertissante pour des étrangers.

— Mais sommes-nous pour vous des étrangers ? J'espère bien que non. Ne me permettez-vous pas de devenir votre amie ?

Dorothée joignit les mains, des larmes troublaient sa voix, sa voix décidée, froide et si comme il faut.

— Je tiens tant à ce que vous acceptiez, voyez-vous ! Je voudrais réparer mes torts envers vous.

Kitty ne répondit pas. Elle ne comprenait pas ce que la femme de Charlie pouvait se reprocher à son égard.

— Tout d'abord, vous ne m'aviez pas inspiré beaucoup de sympathie. Je vous jugeais trop « lancée ». Je suis vieux jeu et, je l'avoue, collet monté.

Sans doute, Dorothée voulait-elle dire qu'à première vue elle l'avait trouvée vulgaire. Kitty lui jeta un coup d'œil et rit sous cape. Elle se souciait bien, maintenant, de l'opinion d'autrui !

— Et quand j'ai appris que, sans une minute d'hésitation, vous étiez partie avec votre mari pour vous jeter dans les griffes de la mort, je me suis sentie une ridicule pimbêche. J'étais humiliée ! Vous avez été si admirable, si courageuse ! A côté de vous, nous paraissons toutes futiles et vaines. — Les larmes ruisselaient sur son visage ingrat. — Je ne puis vous dire à quel point je vous admire et le respect que vous m'inspirez. Il m'est impossible, je le sais, d'essayer même de vous consoler, mais je tiens à vous témoigner ma profonde et sincère affection. Si vous me permettez de vous être utile, j'en serai heureuse et fière. Ne me gardez pas rancune de vous avoir mal jugée. Vous êtes héroïque, et je ne suis qu'une pauvre sotte.

Kitty, très pâle, baissait les yeux. Au fond, elle était touchée. Mais cette simplicité naïve — était-il possible d'ajouter aux apparences une foi plus àveugle? — l'impatientait. Elle eût préféré que Dorothée refrénât son émotion.

— Si vous tenez vraiment à ce que je vienne chez vous, j'accepte avec plaisir, soupira-t-elle.

Les Townsend habitaient sur le Peak une maison avec une superbe vue sur la mer. A l'ordinaire, Charlie ne remontait pas pour déjeuner, mais, le jour de l'arrivée de Kitty, Dorothée — à présent elles s'appelaient par leur nom — la prévint que, si elle se sentait disposée à le recevoir, il serait heureux de venir lui souhaiter la bienvenue. Kitty pensa qu'autant valait le revoir tout de suite et, avec une farouche satisfaction, elle se prépara à jouir de son embarras. L'invitation, elle le devinait, était une fantaisie de Dorothée, qu'en dépit de ses propres sentiments il avait approuvée. Kitty connaissait son souci de se montrer toujours élégant, et cette hospitalité cordialement offerte était un geste correct. Mais pouvait-il se rappeler sans confusion leur dernier entretien ? Comme un incurable ulcère, ce souvenir devait ronger un homme aussi orgueilleux que lui.

Elle espérait l'avoir blessé autant qu'il l'avait blessée. Désormais, il devait la haïr. Elle constatait avec fierté qu'elle se contentait de le mépriser. A la pensée qu'il allait être obligé de l'entourer d'attentions, elle savourait un amer triomphe. Ce fameux après-midi, où elle avait fui son bureau, comme il avait dû souhaiter, de tout son cœur, ne jamais la revoir !

Et maintenant, assise auprès de Dorothée, elle attendait qu'il entrât. Dans le luxe sobre du salon frais et accueillant, elle se sentait à l'aise. Çà et là, embaumaient des fleurs exquises; des tableaux agréables pendaient aux murs. Avec un léger frisson, elle songeait au parloir misérable du bungalow. Oh ! ses chaises de rotin, sa table de cuisine avec son tapis de cotonnade, les rayons maculés où s'alignaient les romans à bon marché, et les petits rideaux rouges, sordides et poussiéreux ! Vraiment elle avait été privée de tout confort pendant ce séjour ! Dorothée ne pouvait pas s'en faire une idée.

Elles entendirent le ronflement d'une automobile qui montait la pente, et Charlie entra.

— Suis-je en retard ? Je ne vous ai pas fait attendre, j'espère ? Je causais avec le Gouverneur, et il m'était impossible de m'en aller.

Il s'approcha de Kitty et lui prit les mains

— Je suis très, très heureux de vous voir ici. Dorothée vous a déjà dit, je le sais, notre désir de vous garder le plus longtemps possible. Nous espérons que vous voudrez bien considérer cette maison comme la vôtre. Je tiens à vous le répéter moi-même. S'il existe une chose au monde que je puisse faire pour vous, disposez de moi. —La sincérité rayonnait dans ses yeux charmeurs. Kitty se composa un masque d'ironie. Le remarquait-il seulement ? — Les phrases ne sont pas mon fort, ajouta-t-il, mais laissez-moi vous exprimer ma profonde sympathie pour la mort de votre mari. C'était un garçon de premier ordre, et on le regrettera à Hong-Kong plus encore que je ne saurais le dire.

— N'insistez pas, Charlie, interrompit sa femme, vous allez l'attrister... Voilà les cocktails.

Selon la coutume de la colonie étrangère en Chine, deux boys en livrée apportaient des biscuits et des cocktails. Kitty refusa.

— Oh ! prenez-en un, insista Townsend de son ton aimable et léger. Ça vous remontera. Je suis sûr que, depuis votre départ d'Hong-Kong, vous en avez été privée. Si je ne me trompe, on ne doit pas trouver de glace à Mei-tan-Fu.

— Vous ne vous trompez pas, dit Kitty.

Elle eut soudain la vision du mendiant mort écroulé contre le mur du bungalow. Elle revit ses cheveux hérissés et, sous ses haillons bleus, son effrayante maigreur.

Ils passèrent à la salle à manger. La bonne humeur de Charlie mit tout le monde à l'aise. Débarrassé de la corvée des condoléances, il traita Kitty, non en femme durement éprouvée, mais ainsi qu'une amie venue de Shangaï pour changer d'air. Ne fallait-il pas la distraire ? Il se comportait avec elle comme avec un membre de la famille, c'était le plus sûr moyen de la mettre en confiance. Townsend avait du tact. Il se mit à parler courses et polo. — Hélas ! il y devrait renoncer, s'il ne réussissait pas à maigrir. — Il raconta son entretien du matin avec le Gouverneur, une fête à bord du vaisseau amiral. Il discuta la situation économique de Canton et des *links* de Luhsan. Bientôt, Kitty eut l'illusion de s'être absentée tout juste le temps d'un *week-end*. A peine parvenait-elle à se rappeler que là-bas, à l'intérieur des terres, à quelque six cents kilomètres, — la distance de Londres à Edimbourg, — elle avait vu hommes, femmes, enfants, mourir comme des mouches. Elle se surprit à demander des nouvelles d'un joueur de polo qui s'était brisé la clavicule. Mme X retournait-elle dans son pays? Mme Y prendrait-elle part au tournoi de tennis ? Charlie se livrait à ses petites plaisanteries coutumières, et Kitty souriait. Dorothée décochait des traits ironiques à l'adresse de diverses personnalités de la colonie. Mais son air détaché et supérieur n'offusquait plus la jeune femme : elle se sentait adoptée par Mme Townsend. Peu à peu, Kitty retrouvait sa verve.

— Allons, elle a déjà meilleure mine, dit Charlie à Dorothée. Avant déjeuner, sa pâleur m'avait saisi. Maintenant, elle reprend un peu de couleur.

Mais, tout en se mêlant à la conversation volontiers, sinon gaiement, ce que ni Dorothée, ni Charlie, avec leur sens impeccable des convenances, n'eussent approuvé, Kitty observait son hôte. Pendant ces semaines où son imagination s'acharnait sur lui, elle s'était forgé de Charlie une image bien arrêtée : les épais cheveux frisés dont les mèches grises se dissimulaient sous la brillantine lui semblaient alors trop longs et brossés avec trop de soin ; le visage sillonné aux pommettes d'un réseau de petites veines mauves trop rouge et d'un ovale trop lourd. Quand Charlie ne relevait pas la tête, on remarquait son double menton, et ses sourcils gris en broussailles offraient quelque chose de simiesque qui la dégoûtait un peu. Tant de sports et de régime ne l'avaient pas empêché d'engraisser. Ses muscles étaient empâtés et la raideur de ses articulations révélait l'âge mûr. Ses élégants costumes étaient trop ajustés et de coupe trop jeune. Mais, dès son entrée au salon, avant le déjeuner, Kitty avait reçu un choc, et peut-être sa pâleur s'en était-elle accentuée. En effet, ses rêveries l'avaient trompée. Charlie n'était point tel qu'elle se plaisait à se le représenter, et elle ne pouvait s'empêcher de reporter sur elle-même sa raillerie. Les cheveux de son amant n'avaient pas grisonné, et les fils blancs qui se montraient vers les tempes étaient assez seyants. Le hâle et non la couperose colorait son teint. Sa tête se plaçait bien sur son cou. Il n'était pas gros, et il n'était pas vieux. Presque mince au contraire, et d'admirable tournure : pouvait-on lui reprocher un grain de fatuité ? Net, soigné, élégant, il paraissait tout jeune, et il s'habillait à ravir. Comment avait-elle pu l'oublier ? En somme, il était très beau. Par bonheur, elle le jugeait désormais à sa valeur. Elle avait conservé le souvenir de sa voix séduisante : l'hypocrisie de ses propos n'en devenait que plus exaspérante. Désormais, aux oreilles de Kitty, ce timbre chaud et persuasif sonnait faux, et elle s'étonnait d'en avoir été dupe. Mais les yeux magnifiques expliquaient la séduction de cet homme. Ils avaient un éclat tendre et bleu et, même lorsqu'il disait des banalités, une expression si délicieuse qu'on subissait leur attrait.

Enfin, on apporta le café, et Charlie alluma son cigare. Il regarda sa montre et se leva de table.

— Allons, mes petites, je vous laisse à vos confidences. Il est l'heure pour moi de retourner au bureau. — Il s'interrompit, puis, posant sur Kitty son regard ensorceleur : — Pendant un ou deux jours, tant que vous n'êtes pas reposée, ajouta-t-il, je ne vous ennuierai pas, mais ensuite il faudra que j'aie une conversation sérieuse avec vous.

— Avec moi ?

— Nous avons des dispositions à prendre au sujet de votre maison et de votre mobilier.

— Oh !... Je compte m'adresser à un avocat, je ne voudrais pas vous déranger.

— Vous figurez-vous que je vais vous laisser gaspiller votre argent en frais de justice ? Je m'occuperai de tout. Vous avez droit à une pension, je parlerai au Gouverneur et je verrai si, en frappant à la bonne porte, nous ne pourrions pas obtenir quelque chose de plus. Confiez-vous à moi. Mais, pour le moment, ne vous tracassez pas. Avant tout, il faut vous remonter, n'est-ce pas, Dorothée ?

— Bien entendu.

Il s'inclina devant Kitty, et, en passant près de Mme Townsend, il lui embrassa la main. La plupart des Anglais ont l'air gauche en baisant la main d'une femme : il accomplit ce geste avec une gracieuse aisance.

Ce ne fut qu'une fois installée chez les Townsend que Kitty s'aperçut de sa fatigue. Le confort, l'absence de soucis abattirent l'excitation nerveuse qui l'avait soutenue. Elle avait oublié la douceur de la vie facile, le charme d'un intérieur élégant, et combien il est agréable d'être entourée d'attentions. Avec un soupir de soulagement, elle retomba dans la mollesse somptueuse de l'Extrême-Orient. Il ne lui déplaisait pas de jouer enfin un rôle et d'éveiller un sympathique intérêt. Son deuil ne lui permettait pas d'être l'héroïne des réceptions, mais les femmes des plus importants personnages — Son Excellence le Gouverneur, l'Amiral, le Président du Tribunal — vinrent dans l'intimité prendre une tasse de thé. La femme du Gouverneur lui exprima la grande hâte que son mari avait de la voir ; « leur ferait-elle le plaisir de venir déjeuner au Palais ? Pas un grand déjeuner, bien entendu, seulement nous et les aides de camp ». La porcelaine la plus rare, la plus précieuse, n'eût pas été l'objet de plus de soins. Elle se sentait le point de mire de Hong-Kong, mais, avec finesse, elle acceptait les hommages avec l'apparence de la modestie. Parfois, elle regrettait Waddington ; son esprit aurait apprécié le comique de la situation et, en tête à tête, ils en eussent bien ri. Dans une lettre à Dorothée, il s'extasiait devant le dévouement de Kitty au couvent, son courage, son sang-froid. Il savourait la mystification, l'animal !

XLVII

Était-ce par hasard ou à dessein ? Jamais Charlie ne se trouvait seul avec Kitty. Il demeurait courtois, prévenant, plein de tact. Personne n'aurait pu supposer qu'autre chose que des relations banales eût existé entre eux. Mais, un après-midi, comme elle lisait, étendue sur la terrasse, il passa et s'arrêta.

— Que lisez-vous ? demanda-t-il.

— Un livre.

Elle le regarda, moqueuse.

Il sourit.

— Dorothée est à la *garden-party* du Palais.

— Je sais. Et pourquoi pas vous ?

— Cela ne me disait rien. J'ai préféré vous tenir compagnie. La voiture est à la porte. Voulez-vous venir faire un tour dans l'île ?

— Non, merci.

Il s'assit à ses pieds.

— Voilà notre premier tête-à-tête depuis votre arrivée.

Avec une froide insolence, elle le regarda droit dans les yeux.

— Croyez-vous que nous ayons beaucoup de choses à nous dire ?

— Des masses.

Elle écarta un peu son pied pour ne pas le toucher.

— Vous m'en voulez toujours ? demanda-t-il, la voix prenante, le regard câlin.

— Pas du tout, dit-elle en riant.

— Si vous n'étiez plus fâchée, vous ne ririez pas.

— C'est ce qui vous trompe. Je vous méprise trop pour vous en vouloir.

Il ne broncha pas.

— Vous êtes sévère. En jugeant le passé avec calme et loyauté, n'estimez-vous pas que j'ai eu raison ?

— A votre point de vue.

— A présent que vous connaissez Dorothée, avouez qu'elle est gentille.

— Certainement. Je lui serai toujours obligée de sa grande bonté.

— C'est une femme unique. Si nous avions filé, je n'aurais plus eu un instant de paix. Ce n'était pas un tour à lui jouer. Et mes enfants ! Quel handicap dans leur vie !

Kitty l'enveloppa d'un regard rêveur. Elle se sentait complètement maîtresse de la situation.

— Depuis une semaine, je vous ai bien observé. J'en arrive à admettre votre dévoûment pour Dorothée. Jamais je ne vous en aurais cru capable.

— Je vous avais dit que je lui étais attaché. J'évite tout ce qui pourrait la chagriner. C'est la meilleure épouse du monde.

— L'idée ne vous vient jamais qu'elle mérite votre fidélité ?

Il sourit.

— Ce que les yeux ne voient pas, le cœur ne le sent pas.

Elle haussa les épaules.

— Vous êtes dégoûtant.

— Je suis homme. Est-ce une goujaterie que d'avoir perdu la tête à cause de vous ? Je m'en serais bien passé, vous savez.

A l'entendre parler ainsi, Kitty se sentit un peu émue.

— J'avais joué franc jeu, répondit-elle avec amertume.

— Pouvais-je prévoir, moi, que nous nous lancions dans une pareille aventure ?

— En tout cas, vous vous doutiez que, si quelqu'un devait en pâtir, ce ne serait pas vous.

— C'est un peu fort. Voyons, maintenant que nous en sommes sortis, convenez que j'ai agi au mieux de nos intérêts à tous deux. Vous étiez affolée. Félicitez-vous que j'aie gardé mon sang-froid. Que serait-il advenu si je vous avais écoutée ? Nous étions assez mal en point dans la poêle à frire, mais c'eût été bien pire de tomber dans le feu [1]. Et, après tout, il ne vous est rien arrivé. Embrassons-nous et faisons la paix.

Elle se mit presque à rire.

— Vous n'espérez pourtant pas que je vous pardonne de m'avoir, sans l'ombre d'un remords, envoyée à une mort presque certaine ?

— Oh ! cette blague ! Avec des précautions, je vous l'avais dit, vous ne couriez aucun risque. Pensez-vous que, si je n'en avais pas été convaincu, je vous aurais jamais laissée partir ?

— Vous en étiez convaincu, parce que vous teniez à l'être. Vous êtes un de ces lâches qui accommodent toujours leurs convictions avec leur intérêt.

— Voyons ! en toute chose il faut considérer la fin. Vous voilà revenue et, si j'ose risquer un compliment aussi déplacé, plus jolie que jamais.

— Et Walter ?

Charlie ne put se retenir.

— Rien ne vous va mieux que le noir.

Elle le regarda de bas en haut. Puis des larmes lui montèrent aux yeux. La douleur altérait son charmant visage. Étendue sur le dos, les mains pendantes, elle n'essayait pas de le cacher.

— Au nom du ciel, ne pleurez pas ainsi. Je

1. Locution anglaise.

n'ai pas voulu vous faire de peine. Je plaisantais. Doutez-vous de ma très profonde sympathie ?

— Oh ! assez !

— Je donnerais n'importe quoi pour ressusciter Walter.

— Il est mort à cause de vous et de moi.

Il lui prit la main, mais elle la lui arracha.

— Allez-vous-en, je vous en prie, sanglota-t-elle. C'est tout ce que vous pouvez faire pour moi. Je vous hais et je vous méprise. Walter valait dix fois mieux que vous et je n'ai pas su le comprendre. Allez-vous-en ! Allez-vous-en !

Comme il ouvrait la bouche, elle s'élança vers sa chambre, Il la suivit et, dans un mouvement d'instinctive prudence, il ferma le contrevent.

— Je ne peux pas vous laisser ainsi, dit-il en l'enlaçant. Je n'avais pas l'intention de vous blesser, vous le savez bien.

— Ne me touchez pas ! Sortez, sortez !

Elle tâcha de s'échapper de ses bras, mais il ne la lâcha pas. Des sanglots convulsifs la secouaient.

— Chérie, tu sais bien que je t'ai toujours aimée, murmura-t-il de sa voix vibrante. Je t'aime plus que jamais.

— Comment osez-vous raconter de pareils mensonges ! Laissez-moi ! Vous êtes un misérable. Laissez-moi !

— Ne sois pas méchante, Kitty. Je me suis conduit comme une brute, mais n'y pensons plus.

Toute tremblante et haletante, elle se débattait

furieusement. Mais, sous l'étreinte puissante de Charlie, elle sentait fondre sa résistance. Elle l'avait tant désirée, cette étreinte ; une fois, rien qu'une fois ! Tout son corps frémissait, ses forces l'abandonnaient. Ses os paraissaient fléchir, et la peine qu'elle éprouvait pour Walter dégénérait en pitié d'elle-même.

— Oh ! comment avez-vous pu vous montrer aussi cruel ? implora-t-elle. Ne compreniez-vous pas que je vous aimais de tout mon cœur ? Jamais personne ne vous a autant aimé.

— Chérie !

Il essaya de l'embrasser.

— Non, non ! cria-t-elle.

Charlie lui découvrit le visage, il cherchait ses lèvres : elle se détourna. D'une voix brisée, il murmurait des mots d'amour passionnés qu'elle n'entendait pas. Mais, dans l'étreinte qui se resserrait, elle comprit que, jusqu'à cette minute, elle avait été une pauvre enfant désemparée Les yeux clos, le visage inondé de larmes, elle gémissait doucement. Et enfin il trouva sa bouche. Ce contact fit courir à travers tout le corps de Kitty comme une flamme divine. Toutes ses pensées, toutes ses sensations se fondaient dans la volupté. Dans ses rêves, elle avait goûté ces délices. Qu'allait-il faire d'elle? Elle ne le savait plus. Elle n'était plus une femme, sa personnalité se dissolvait, elle n'était plus que désir. Il l'enleva — dans ses bras elle ne pesait guère — il l'emporta cramponnée à lui, éperdue, enivrée. La jolie tête se renversa sur l'oreiller et les lèvres de Charlie se collèrent aux siennes.

***

Elle était assise au bord du lit, le visage entre les mains.

— Veux-tu une goutte d'eau ?

Elle secoua la tête. Il alla à la toilette, emplit un verre à dents et le lui donna.

— Allons ! bois un peu et tu te sentiras mieux.

Il porta le verre aux lèvres de Kitty et elle but à petites gorgées. Puis, l'air horrifié, elle le considéra. Il se tenait debout, penché vers elle, une lueur de fatuité dans le regard.

— Eh bien, me trouves-tu toujours aussi dégoûtant ? demanda-t-il.

Elle baissa la tête.

— Oui. Mais je ne vaux pas mieux que vous. Oh ! que j'ai honte !

— Comme tu es ingrate !

— Allez-vous-en, voulez-vous ?

— A la vérité, je crois que c'est le moment. Je vais faire un bout de toilette avant le retour de Dorothée.

Il sortit d'un pas léger.

Quelques instants, Kitty demeura immobile, comme hébétée. Un frisson la secoua. Elle se leva en chancelant, alla à sa coiffeuse et s'effondra sur une chaise. Le miroir lui renvoya ses yeux bouffis par les larmes, son visage souillé. Une tache rouge marquait sa joue à l'endroit où Charlie avait appuyé la sienne. Elle s'examina avec effroi. Sa figure n'avait pas changé. Elle s'attendait à y découvrir le stigmate d'une dégradation nouvelle.

— Ordure ! cria-t-elle à son image, ordure !

Puis elle enfouit son visage dans son bras replié et sanglota amèrement. Quelle ignominie ! Comment était-ce arrivé ? Elle haïssait Charlie et elle se haïssait. Et pourtant, tout venait de sombrer dans l'extase. Oh ! l'horreur ! Jamais plus elle ne pourrait regarder cet homme en face. Il avait eu bien raison de ne pas l'épouser : elle ne valait même pas une prostituée, car ces malheureuses se donnent pour vivre. Et elle, dans cette maison où Dorothée l'avait recueillie par pitié ! Les hoquets la secouaient.

Elle ne parut pas au dîner. Elle fit prévenir qu'une migraine la retenait dans sa chambre. Dorothée vint prendre de ses nouvelles et, voyant ses paupières rouges et gonflées, elle la berça d'apaisantes paroles de sympathie. Persuadée que Kitty avait pleuré en pensant à Walter, Mme Townsend, bonne et fidèle épouse, respectait une douleur si naturelle.

— Je sais que c'est dur, ma chérie, dit-elle en la quittant, mais tâchez d'être courageuse. Votre pauvre mari, j'en suis sûre, n'eût pas souhaité que sa mort vous rendît malheureuse.

XLVIII

Le lendemain matin, Kitty se leva de bonne heure et, après avoir fait dire à Dorothée qu'elle sortait, elle prit le tramway jusqu'au pied de la colline. Dans le flot bariolé des Européens et des Chinois, elle atteignit, à travers les rues encombrées d'automobiles et de pousses, les bureaux des Messageries maritimes. Le premier bateau en partance quittait le port dans deux jours. A tout prix, il fallait en profiter. Toutes les cabines étaient retenues. Elle fit passer sa carte au directeur qu'elle connaissait. Il savait son histoire, et il la reçut aussitôt. Quand elle lui eut exposé son désir, il se fit apporter la liste des passagers et la consulta avec perplexité.

— Je vous supplie de faire l'impossible, insista-t-elle.

— Existe-t-il dans la colonie quelqu'un qui ne ferait pas tout au monde pour vous, madame ? répondit-il.

Il sonna un employé et lui posa plusieurs questions. Puis il s'inclina.

— Un ou deux passagers changeront de place, je m'en charge. Je conçois votre hâte de retourner chez vous, et nous allons tâcher de vous satisfaire. Je vous donnerai une petite cabine particulière. Cela vous sera plus agréable.

Elle le remercia et sortit, le cœur allégé. Fuir! C'était son unique pensée, fuir ! Elle télégraphia à son père, déjà prévenu de la mort de Walter, pour lui annoncer son retour immédiat. Puis elle revint chez les Townsend pour mettre Dorothée au courant de sa décision.

— Nous serons navrés de vous perdre, répondit la bonne créature, mais votre désir de retrouver vos parents est bien naturel.

Depuis son retour à Hong-Kong, Kitty n'avait pas eu le courage de revoir son ancienne maison. Elle redoutait les souvenirs qui la peuplaient ; il n'y avait pourtant plus moyen de reculer. Townsend s'était occupé de liquider les meubles, et un locataire sérieux offrait de reprendre le bail. Mais tous les vêtements de Kitty et de Walter, — ils n'avaient presque rien emporté à Mei-tan-Fu, — les livres, les photographies et divers bibelots demeuraient. Indifférente à tout, pressée de rompre avec le passé, Kitty comprenait cependant qu'elle scandaliserait la colonie en laissant partir ces objets pour la salle des ventes. Il fallait les emballer et les expédier en Angleterre. Après le déjeuner, elle sortit pour aller chez elle. Dorothée lui proposa de l'accompagner, mais Kitty tenait à être seule. Elle accepta cependant les services des deux boys.

La maison avait été confiée à la garde d'un domestique. Il vint ouvrir. Kitty eut le sentiment qu'elle rentrait sous son propre toit en étrangère. Tout était propre et net, chaque chose à sa place, comme autrefois, mais, malgré le soleil et la chaleur, les chambres abandonnées paraissaient tristes et glacées. Les meubles étaient rangés dans l'ordre accoutumé, les vases prêts à recevoir des fleurs ; le livre que Kitty avait posé à l'envers, — elle ne se rappelait plus à quel moment, — était toujours à l'envers. On eût dit que les habitants de la maison venaient de la quitter depuis une minute à peine, mais cette minute était chargée d'éternité. On ne pouvait imaginer qu'entre les murs retentirait encore l'écho des rires et des conversations. Les pages ouvertes d'un fox-trot traînaient sur le piano, mais on avait l'impression que, sous les doigts, les touches ne répondraient pas. La chambre de Walter était aussi bien tenue qu'autrefois. Sur la commode, deux grandes photographies de Kitty, l'une dans sa première robe de bal, l'autre en mariée.

Les boys apportèrent les malles et commencèrent les emballages. Ils travaillaient vite et avec soin. En deux jours, tout serait prêt. Soudain un pas retentit; Kitty se retourna et aperçut Townsend. Son cœur se glaça.

— Que voulez-vous ? dit-elle.

— Passons dans votre salon. J'ai à vous parler.

— Je suis très pressée.

— Accordez-moi cinq minutes.

Elle ne répondit pas, mais, après avoir recommandé aux boys de ne pas interrompre leur besogne, elle précéda Charlie dans la pièce voisine. Pour marquer son désir de ne pas être retenue, elle resta debout. Elle se sentait très pâle et oppressée. Elle l'affronta, les yeux hostiles

— Que voulez-vous ? répéta-t-elle avec froideur.

— Dorothée vient de m'apprendre que vous partiez après-demain et que vous étiez ici en train de faire vos paquets. Elle m'a engagé à me mettre à votre disposition.

— Je vous remercie, mais je n'ai besoin de personne.

— Je n'en doute pas. Ce n'est pas pour cela que je suis venu. Je veux savoir si ce brusque départ est la conséquence de ce qui est arrivé hier.

— Vous et Dorothée, vous avez été très bons pour moi. Je ne veux pas abuser de votre hospitalité.

— Vous ne me répondez pas franchement.

— Que vous importe ?

— Cela m'importe beaucoup. Je serais navré d'avoir involontairement précipité votre départ.

Elle se tenait debout près de la table. Son regard s'abaissa sur le *Sketch*. Il datait de plusieurs mois. C'était celui que Walter avait feuilleté pendant toute cette terrible soirée, et aujourd'hui Walter était... Elle releva la tête.

— Je me sens avilie au delà de toute imagination. Vous ne me mépriserez jamais autant que je me méprise moi-même.

— Mais je ne vous méprise pas. Tout ce que je vous ai dit hier était sincère. A quoi bon vous sauver ainsi ? Pourquoi ne resterions-nous pas bons amis ? Il m'est pénible de vous voir persuadée que j'ai mal agi envers vous.

— Ne pouviez-vous pas me laisser tranquille ?

— Sacrebleu, je ne suis pas de bois ! Votre façon de juger est absurde et anormale. J'espérais, après ce qui s'était passé hier, vous retrouver plus aimable. Après tout, nous ne sommes que des êtres humains.

— Je ne me sens plus rien d'humain. Je me sens comme un animal. Un porc, un lapin ou un chien. Oh ! je ne vous blâme pas, je ne vaux pas mieux que vous. Je vous ai cédé parce que j'avais envie de vous. Mais ce n'était pas moi, ce n'était pas mon être véritable. Je ne suis pas cette femme répugnante, sensuelle et bestiale. Je la renie. Ce n'était pas moi qui gisais sur ce lit, haletante de désir, alors que mon mari était à peine refroidi dans son cercueil et que votre femme s'était montrée si bonne pour moi, si parfaitement bonne. C'était mon être inférieur, mystérieux et redoutable comme un esprit malfaisant, et que je déteste et méprise. Quand j'y pense, ma gorge se contracte et je me sens prête à vomir.

Il fronça le sourcil et laissa échapper un petit ricanement vexé.

— J'ai beau avoir les idées larges, vous dites parfois des choses qui positivement me choquent.

— Je le regrette. A présent, partez. Vous êtes un petit monsieur sans aucun intérêt, et j'ai bien tort de prendre la peine de vous parler sérieusement.

La réponse se fit attendre. A l'ombre qui passa dans ses yeux bleus, Kitty comprit qu'il était vexé. Quel soupir de soulagement il pousserait quand, avec son tact et sa courtoisie coutumiers, il finirait par l'embarquer ! L'idée de la politesse avec laquelle, au moment où il lui souhaiterait bon voyage, elle comptait le remercier de son hospitalité amusait Kitty. Mais soudain elle vit l'expression de Townsend se modifier.

— Dorothée me dit que vous allez avoir un enfant, commença-t-il.

Le rouge lui monta au front. Mais elle sut se maîtriser.

— C'est vrai.

— Suis-je le père, par hasard ?

— Non, non, c'est l'enfant de Walter.

Elle s'exprimait avec une emphase involontaire, consciente, en même temps que son ton manquait de conviction.

— En êtes-vous bien sûre ? — Il souriait avec cynisme. — En somme, vous étiez mariée depuis deux ans, et rien n'était arrivé. Les dates paraissent concorder. Toutes les chances sont de mon côté.

— Plutôt que d'avoir un enfant de vous, je préférerais me tuer.

— Allons, Kitty, pas de bêtises. J'en serais très fier et très heureux. Si ça pouvait être une fille ! Avec Dorothée, je n'ai eu que des garçons. D'ailleurs, vous ne tarderez pas à être fixée : mes trois petits sont mon portrait vivant.

Sa bonne humeur était revenue, et Kitty en comprenait la raison. Si l'enfant était de lui, elle aurait beau ne plus le revoir, jamais elle ne pourrait entièrement lui échapper. Elle subirait toujours son emprise.

— Vous êtes vraiment le fat le plus impudent que la guigne ait mis sur ma route, dit-elle.

XLIX

En débarquant à Marseille, elle eut la surprise de trouver une lettre de son père : c'était la première fois qu'il lui écrivait. Sans la moindre expansion, après un sec « chère Kitty », il l'informait que Mme Garstin venait d'entrer à la clinique pour y subir une opération, mais Kitty pouvait sans inquiétude poursuivre son voyage par mer ; le retour en chemin de fer était plus coûteux et, en l'absence de sa mère, la maison d'Harrington Gardens manquerait par trop d'agrément. Il y avait aussi une lettre de Doris : « Ma Kitty chérie », commençait-elle, non qu'elle vouât à sa sœur une affection particulière, mais c'est ainsi qu'elle appelait toutes les jeunes femmes de son entourage. « Ma Kitty chérie, tu dois savoir par papa que maman va être opérée.

Elle traînait depuis un an, mais tu connais son horreur des médecins. Au lieu de se soigner sérieusement, elle recourait à toutes les drogues imaginables. J'ignore ce qu'elle a. Elle s'obstine à en faire mystère, et les questions l'exaspèrent. Sa mine est épouvantable. Entre nous, je te conseille de débarquer à Marseille et de revenir au plus vite. Maman se prétend à peine malade, et elle ne veut pas que tu arrives avant son retour à la maison. Elle a arraché aux médecins la promesse qu'on l'y transporterait dans une semaine. Toute ma tendresse.

« Ta DORIS. »

« *P. S.* — Je suis désolée pour Walter. Pauvre chérie ! Tu as dû connaître des heures infernales. Je meurs du désir de te revoir. C'est assez drôle que nous attendions des bébés pour le même moment. Nous pourrons nous donner la main ! »

Perdue dans ses pensées, Kitty demeura sur le pont. Elle ne pouvait se figurer sa mère malade. Toujours elle l'avait connue active, décidée et sans aucune indulgence pour les malaises des autres. A ce moment, un maître d'hôtel monta et lui remit un télégramme :

« Profondément peiné. Ta mère est morte ce matin. Garstin. »

*
* *

Le surlendemain, Kitty sonnait à la porte d'Harrington Gardens. Son père était dans son bureau et, doucement, elle y entra. Assis au coin du feu, il lisait le journal du soir. En l'entendant, il leva les yeux, posa son journal et se leva comme mû par un ressort.

— Oh ! Kitty, je t'attendais par le rapide du soir.

— Je n'ai pas voulu vous imposer la corvée d'aller à la gare, voilà pourquoi je n'ai pas télégraphié l'heure de mon arrivée.

Du geste qu'elle se rappelait si bien, il lui tendit la joue.

— Je jetais un coup d'œil sur le journal, dit-il. Depuis deux jours, je n'ai pas lu les nouvelles.

Il cherchait à s'excuser de s'intéresser encore au tran-tran de la vie.

— Certes, dit-elle, vous devez être épuisé. La mort de maman a sans doute été pour vous un grand coup.

Il lui parut vieilli, amaigri : un pauvre homme ridé, ratatiné, aux gestes méticuleux.

— Le chirurgien m'a dit qu'il n'avait jamais eu d'espoir. Depuis un an, ta mère n'était plus elle-même, mais elle s'obstinait à ne pas consulter. De l'avis du chirurgien, elle devait souffrir sans cesse. C'est miracle qu'elle ait pu supporter de telles douleurs.

— Ne se plaignait-elle jamais ?

— Elle disait qu'elle ne se sentait pas bien. Mais elle ne parlait pas de ses souffrances. — Il s'interrompit et regarda Kitty. — Le voyage ne t'a-t-il pas fatiguée ?

— Non, pas trop.

— Veux-tu monter la voir?

— Elle est ici ?

— Oui. On l'a ramenée de la clinique.

— J'y vais.

— Aimerais-tu que je t'accompagne ?

— Non, je préfère être seule, dit Kitty.

Elle monta à la grande chambre prétentieuse et froide où, pendant tant d'années, avait dormi sa mère. Elle retrouva les meubles d'acajou massif et les gravures d'après Marcus Stone. Sur la coiffeuse, les objets étaient disposés dans l'ordre minutieux auquel Mme Garstin avait tenu toute sa vie. Les fleurs paraissaient déplacées. Mme Garstin eût jugé ridicule et malsain de conserver des fleurs dans sa chambre. Leur parfum n'effaçait pas l'odeur de linge fraîchement lavé qui, pour Kitty, caractérisait l'atmosphère de cette pièce.

Les mains jointes sur la poitrine dans une attitude d'humilité que pendant sa vie elle n'eût pas acceptée, sa mère reposait sur le lit. Avec ses traits réguliers, ses joues creusées par la souffrance, ses tempes enfoncées, elle était belle et même imposante. Toute expression mesquine avait disparu de son visage, et son masque avait pris du caractère. Elle ressemblait à une impératrice romaine. Chose étrange, entre tous les morts que Kitty avait vus, Mme Garstin seule conservait une apparence de spiritualité. Il était impossible de douter que cette dépouille charnelle eût abrité une âme. Kitty n'éprouvait aucun chagrin. Trop d'amertume avait tari en son cœur l'amour filial. Et, en songeant à la jeune fille qu'elle avait été, elle comprenait toute la responsabilité de sa mère. Devant cette femme sèche, ambitieuse et tyrannique, qui gisait là, rigide et silencieuse, les années passées prenaient un sens dont peu à peu le tragique la pénétrait. Toute sa vie, Mme Garstin avait combiné et intrigué dans un but inférieur et cupide. De l'autre monde, se demandait Kitty, ne considérait-elle pas sa carrière terrestre avec consternation ?

Doris entra.

— Je pensais que tu arriverais par ce train et je suis venue te voir. N'est-ce pas affreux ? Pauvre chère maman !

Elle éclata en pleurs et se jeta au cou de sa sœur. Kitty l'embrassa. Elle savait combien leur mère avait négligé sa seconde fille et s'était montrée sévère pour son physique ingrat et son manque d'esprit. Ce débordement de douleur pouvait-il être sincère ? Doris, il est vrai, avait toujours été sensible. Kitty ne trouvait pas de larmes. Elle avait trop souffert pour feindre un chagrin qu'elle ne ressentait pas.

— Veux-tu descendre voir papa ? demanda-t-elle, quand la crise fut un peu calmée.

Doris s'essuya les yeux. Kitty remarqua que la grossesse de sa sœur lui empâtait les traits. Dans sa robe noire, elle paraissait énorme et congestionnée.

— Non, je ne crois pas. Cela ne servirait qu'à me faire pleurer encore. Pauvre papa, sa résignation est admirable.

Kitty alla rejoindre son père. Il se tenait debout devant le feu et, afin de prouver qu'il n'avait pas repris sa lecture, le journal était soigneusement replié.

— Je ne me suis pas habillé pour dîner, dit-il. J'ai pensé que je pouvais m'en dispenser.

L

Ils se mirent à table. Doris était repartie. M. Garstin donna à Kitty des détails sur la maladie et la mort de sa femme. Il lui dit les dispositions qu'il avait prises pour l'enterrement, l'affectueuse sympathie de leurs amis. Il soupirait devant la perspective de répondre aux monceaux de lettres qui s'empilaient sur son bureau. Enfin, ils retournèrent au fumoir, l'unique pièce de la maison où le feu fût allumé. Machinalement, il prit sa pipe sur la cheminée et commença à la bourrer, mais, après un coup d'œil perplexe à sa fille, il la reposa.

— Pourquoi ne fumez-vous pas ? demanda-t-elle.

— Ta mère n'aimait pas l'odeur de pipe après

dîner et, depuis la guerre, j'ai renoncé aux cigares.

Sa réponse serra le cœur de Kitty. N'était-il pas lamentable qu'un homme de soixante ans hésitât à fumer dans son bureau ?

— J'aime l'odeur de la pipe, dit-elle avec un sourire.

Une expression de soulagement illumina le visage de son père. Il reprit sa pipe et l'alluma. Assis en face l'un de l'autre, ils se chauffaient auprès du feu. M. Garstin sentit qu'il fallait s'intéresser aux ennuis de Kitty.

— L'intention de ta mère était de te recevoir ici jusqu'à la naissance de ton enfant, dit-il ; elle comptait te faire préparer ton ancienne chambre.

— Je sais. Je vous dérangerai le moins possible.

— Oh ! ce n'est pas ce qui m'inquiète. Ta place eût été, certes, chez ton père, mais on vient de m'offrir la situation de président du Tribunal aux Bahamas, et j'ai accepté.

— Oh ! papa, comme je suis contente ! Je vous félicite de tout mon cœur.

— Ce succès arrive trop tard. Ta pauvre mère en eût éprouvé une grande satisfaction.

Anxieuse, Kitty fixait le feu. Elle se sentait soudain très émue. Enfin, elle se contraignit à parler. Sa voix tremblait.

— Voulez-vous que je vous accompagne, papa ?

— Toi ? Oh ! ma chère Kitty. — Son visage s'assombrit. Sous la banalité de ces mots si souvent entendus, elle sentit l'état d'âme qu'ils dissimulaient. C'était si transparent qu'elle en tressaillit. — Tous tes amis et Doris sont ici. Ta vie serait, je crois, beaucoup plus agréable, si tu prenais un appartement à Londres. Je ne connais pas exactement ta situation de fortune, mais je suis prêt à payer ton loyer.

— J'ai de quoi vivre.

— Je pars pour un singulier pays. J'en ignore tout.

— Je suis habituée aux pays singuliers. Londres n'exerce plus sur moi le moindre attrait Ici, j'étoufferais.

Il ferma les yeux, comme s'il allait pleurer. Son visage trahissait une détresse profonde. Le cœur de Kitty se serra. Elle s'en était doutée : la mort de Mme Garstin, épouse tyrannique et sans cœur, avait été pour son père une délivrance et, dans cette occasion de rompre avec le passé, il voyait la liberté. Après trente ans de souffrance, le mirage du bonheur et du repos montait à l'horizon d'une vie nouvelle. Il ne put réprimer un soupir.

Puis il regarda Kitty.

— Si tu veux venir avec moi, j'en serai, bien entendu, très heureux.

Le sentiment du devoir l'avait emporté. Ces paroles signifiaient pour le vieillard l'abandon de tous ses espoirs. Kitty se leva et vint s'agenouiller près de lui.

— Oh ! papa ! — et elle lui prit les mains — je ne vous suivrai que si vous y tenez. Vous vous êtes assez sacrifié. Si vous préférez partir seul, ne vous occupez pas de moi.

Il délivra une de ses mains et caressa la chevelure ondée de sa fille.

— Je t'emmènerai très volontiers, ma chérie. Après tout, je suis ton père, et tu es veuve et sans appui. Si tu veux m'accompagner, je serais inexcusable de refuser.

— Mais je ne prétends à aucun droit sur vous. Vous ne me devez rien.

— Oh ! ma chère enfant !

— Rien, répéta-t-elle avec véhémence en songeant au peu d'affection qu'elle avait jusqu'alors témoigné à son père. — Mon cœur se brise au souvenir de la façon dont nous avons toujours abusé de votre bonté, sans rien vous donner en retour, pas même un peu de tendresse. Votre vie, je le crains, n'a pas été heureuse. Laissez-moi tenter de réparer un peu le passé.

Il fronça les sourcils. Cette sentimentalité l'embarrassait.

— Je ne te comprends pas. Jamais je n'ai eu à me plaindre de toi.

— Oh ! papa, j'ai trop vu de choses, j'ai été trop malheureuse : je ne suis plus la linotte d'autrefois. Je n'ai que vous au monde. Permettez-moi d'essayer de conquérir votre affection. Je suis si seule, si misérable ; j'ai tant besoin de vous !

Et, secouée par les sanglots, elle s'abattit aux pieds de son père.

— Ma Kitty ! ma petite Kitty ! murmura-t-il.

Elle releva la tête et s'accrocha à lui.

— Oh ! papa, soyez bon ! Soyons bons l'un pour l'autre.

Il l'embrassa. Ses joues se mouillèrent aux larmes de Kitty.

— Je t'emmènerai, dit-il.

ACHEVÉ D'IMPRIMER SUR LES PRESSES
DE COX & WYMAN LTD. (ANGLETERRE)

N° d'édition. : 1559
Dépôt légal : mars 1985
Nouveau tirage : 1993
Imprimé en Angleterre